时间的剪纸

SHIJIAN DE JIANZHI

丘英姿 著

南方出版社·海口

图书在版编目（C I P）数据

时间的剪纸 / 丘英姿著. -- 海口 : 南方出版社, 2023.10
ISBN 978-7-5501-8325-4

Ⅰ. ①时… Ⅱ. ①丘… Ⅲ. ①诗集－中国－当代 Ⅳ. ①I227

中国国家版本馆 CIP 数据核字(2023)第 094117 号

时间的剪纸

SHIJIAN DE JIANZHI

责任编辑：林　霞

封面设计：张春华

出版发行：南方出版社

邮政编码：570208

社　　址：海南省海口市和平大道 70 号

电　　话：(0898)66160822

传　　真：(0898)66160830

印　　刷：佛山市禅城区亿丰印刷厂

开　　本：787mmx1092mm 1/16

印　　张：16.25

字　　数：100 千字

版　　次：2023 年 10 月第 1 版

印　　次：2023 年 10 月第 1 次印刷

印　　数：1–3000 册

定　　价：68.00 元

作者简介：丘英姿，管理学硕士；曾用笔名，樱子、邱仁姿；中国诗歌学会会员，佛山市作家协会理事，禅城区政协常委，佛山科学技术学院客座教授，民革佛山市禅城区总支副主委。年少时开始习文，曾获得过若干奖项。有诗歌、散文、评论、小小说、随笔散见于全国各类报刊。

序

张况

诗人樱子与我有同乡之谊。她经商办环境艺术设计公司，在文化产业方面做得很不赖，市内外各级政府不少文化项目的建设和非遗文化的开发利用，都少不了她含金量颇高的规划、策划与设计。据说生意还蛮好。真为她高兴！

知道樱子业余写文章是很早以前的事了。不过近十年来，我几乎没读到她任何的文学作品。这让我感到多少有点海棠无香的遗憾。

樱子业余喜爱文学，这使她与一般生意人有了明显的区别。我与樱子平素交往不多，彼此偶尔在一些文化活动场合相遇，生怕叨扰于她，耽搁了人家生意上的事，顶多也就点点头客套寒暄几句。看着她风尘仆仆的样子，我暗中夸她是个能量级的女强人。

大约半年前有一天，樱子外出办事，顺道来我办公室茶叙时给我戴高帽说，她读了我的历史文化长诗后感慨良多，学到了很多东西，对诗歌写作也有了新的看法和想法，她说她打算试着写一本关于佛山非遗的诗集，到时要我为她写序。

骇诧之余，我问她为何会有此等高难度的想法！她掩嘴一笑说，她近几年来断断续续在做些大大小小的非遗项目工程，日夕研磨，对佛山非遗就有了特殊的感情，不写出来似乎不足以安妥自己的内心。

樱子生意那么忙，此番听闻她居然要写非遗诗歌，我心下遂打了个大大的问号。该不会是意气用事的一时冲动吧？不过，看她说得认真，我也就不好泼她冷水了。

樱子是禅城区政协常委，昨天我列席区政协会议，虽没跟她碰着面，但从《政协委员风采录》中翻到了她写的几首关于佛山非遗的短诗。读后眼前一亮，心有所惊。写得确实有点味道。心里还想着她能否继续坚持写下去呢。谁知当日下午她就给我发来排好版的一个文件，点开一看，原来是她创作的119首佛山非遗诗歌。至此，我心里那个硕大问号，遂变成了肥胖的感叹号。

樱子立说立行，乃有立竿见影的文本呈现。真心佩服她的执着与坚持。樱子说，对佛山非遗的热爱，才让自己有信心写好这本非遗诗集。

我印象中的非遗，该是硬邦邦冷冰冰的过气玩意。就像动物标本，不太可能触摸到它远逝的体温。想要赋生命气息予这些老旧东西，那得有生死肉骨的高技才行。很显然，樱子就是这个妙手回春的杏林高手，她完成了对佛山非遗的起死回生和深情回眸。

业余治史，我知道个中的艰辛与不易。要让这些没有生命体征的老旧东西在文字中重新活过来，那需非常强的文字组织和驾驭能力。樱子能够静下心来与非遗掏心窝子对话，并用诗歌的形式赋予它新生，这是难能可贵的价值反刍。值得祝贺与肯定。

粤剧、粤曲、岭南古琴、南音、木鱼书、行通济、彩扎、木版年画、木雕、彩灯、秋色、石湾陶艺、中医药、佛山龙舟、南海灰塑、顺德双皮奶、高明花鼓调、三水玉雕，等等，这些扑面而来的佛山非遗老面孔，在樱子笔下全都有了与众不同的活力。这种美的呈现，让我从文学的角度品读到了佛山非遗藏在诗意中的潜在价值和强大生命力。

樱子将她的诗集分为《禅城赋》《南海潮》《顺德辞》《高明记》《三水引》五个篇章，足见其一碗水端平的某种刻意。她对佛山每个区的非遗都不吝笔墨，倾情抒写，这很难得，也很见匠心。目光所及，她这种书写制式在佛山诗坛可谓绝无仅有。樱子这种主题性写作，让她的诗歌作品显得格外亮眼。至此，我对樱子的诗歌写作，才算真正有了一种全新的认识和难掩喜悦的期待。

细读樱子的这些作品后，我发现她的诗歌结构严谨，很有一套自己独特的抒情方式，诗歌内容和形式都很考究，看不出太多临阵磨枪的迹象。这让我着实感觉到了她作为一名优秀诗人的存在并非诳语。我为佛山诗坛能涌现樱子这样的优秀诗人而感到由衷的喜悦，同时也为佛山诗人能以佛山非遗作为专题抒发情感而感到高兴。事实上，我一直鼓励佛山作家诗人要多进行有意义的写作，尤其是重大现实题材和宏大历史文化叙事的写作，勉励他们不要辜负岭南，不能辜负佛山这块热土。

在我看来，佛山的非遗在诗人们眼里就应该是富有诗意的非遗，而在小说家眼里它就应该是富含故事情节的非遗，在散文家眼里它就应该是散文化的非遗。樱子这番很走心，她用诗歌来展现佛山非遗，且面面俱到地涉及佛山五个区的非遗。这无疑是一种难度颇高的题旨性写作。比那些小情绪的宣泄、小感情的铺张，要难上许多倍。

樱子诗中说粤剧是“穿上凤冠华衣和浓墨重彩/站在三百年的岭南第一台/婉转唱腔，从万福台悠悠升起/一出《紫钗记》/让新时代，听出明亮的音符……”。这种写法新颖，接地气，将粤剧的前世今生瞬时盘活，生命质感扑面而来，赋予粤剧新的时代意义。

樱子写《岭南古琴艺术》时说：“佛山就像一把古琴/士大夫们/在这座城里生育，抚养音乐/繁衍出岭南琴派……”这种比喻既大胆，又富有文化内涵，同时还不乏对艺术内在真实的提纯与呈现。她说：“一只手，从木头/请出治世之音/一只手，从琴弦/领着古典主义的皱纹归去……”这是一种开掘诗意的表达，文字唯美动人，让人隐约感觉到古琴的发声，乃是一种天籁。

樱子写《木鱼书》：“在歌谱摸鱼，浪花包围了我/时间织成的网/漏掉了，一条条鲜活的典故//……年迈的南音，从水里摸索上岸/豢养成一曲遗产/桑基鱼塘，仿佛丢失了什么。”这种略显沉重的写法带点俏皮，将木鱼形象刻画得栩栩如生，诗歌语言很有韵味。在我视野中，对佛山非遗有如此深刻认识的诗人确属凤毛麟角，而樱子是其中重要的代表。尽管我不知道她以前的写作是以散文为主，还是以诗歌为主，但品读她这部行将付梓的诗集时，我明显感觉到她浓缩的诗歌语言和灵活的结构是趋近成熟的，尽管诗集中的作品大部分是短诗，却并不影响我对这些作品的判断。樱子具备一位优秀诗人的基本素质。这值得庆贺。我为佛山非遗有了樱子这样的知音而感到放心。

樱子笔下诗意化的佛山非遗给我带来了全新的阅读体验，感叹她出手不凡，手到擒来都是优美的生命体验和善良的文字张力，让人体会到了非遗与文字之间的某种亲密关系。在诗意的驱遣下，樱子完成了非遗由硬邦邦形象向温情脉脉生命体的神奇转化。这就是诗歌的精神力量。

樱子的非遗抒写兼具文学想象力，是一种有难度的写作。一件件非遗就是一行行鲜活的诗，它引领人们在更为宽广的世界里，感受到文学迸发的抒情力量。

历史文脉连接着诗人血脉，非遗文化传递着人间真情。当代诗歌写作惟有推陈出新，才能推动诗歌精神的传承与延续，引领诗歌艺术不断向着浪漫充实的方向发展。新时代拥有重大主题，新时代呼唤经典写作。在樱子笔下，非遗有了文艺根基，因此她的写作也就有了精神脉络。樱子的非遗题材写作，当然是新时代诗歌的一种有益尝试与可贵补充。

我一直认为佛山是一块历史沃土和改革热土，千年佛山有太多有价值的东西值得作家诗人们去挖掘，去发现，去解构，去表达。樱子所传递的人文真情，整合了历史与非遗的关系，整合了非遗与地方发展的关系，赋予佛山非遗新时代价值和新时代意义。

现在，我看到了樱子动人的文字，这不由得让我感到佛山诗歌拥有新文本的各种可能性。作家诗人们必须有坚定的历史自信和文化自信，并在保持清醒的历史认知中掌握历史主动，才能掌握新时代文学发展的历史主动，才能写出有温度有热度有高度的好作品来。诗人樱子从文学的角度为佛山非遗立传，这值得推而广之。

新时代文学攀登计划当然少不了对新时代山乡巨变的书写。樱子所做出的努力，为佛山诗人研究和探讨写作题材，提供了一条鲜活经验，她对佛山非遗文化的转化与催生，让佛山诗歌有了新的表达方式。写作者只有打开眼界和格局，才能写出立意高远的大作品、好作品。

在我看来，樱子这部诗集的叙述逻辑和文字审美都达到了一定的高度。为这样的作品写序，我并无半丝压力。

当然樱子诗歌的不足也是明显的，比如一些词句显得生硬乏力，个别结构尚欠修剪打磨，部分修辞有待商榷反刍，等等。这是樱子必须面对和修正的缺点与短板。

希望樱子不忘初心，继续前行，在拓展公司业务的同时，不忘做更多文化方面的深层思考和文字方面的经验沉淀。惟其如此，才可能有更大的作为。

2023年1月13日夤夜
佛山石垦村 南华草堂

（张况，著名作家、诗人，中国作家协会会员、中国诗歌学会常务理事、广东省作家协会主席团成员、佛山市作家协会主席。）

静中听水近，高处见山多

——樱子非遗诗集《时间的剪纸》序

何百源

认识樱子二十载有余了，以往只知她自小习文，有诗歌、散文、评论、小说、随笔发表于全国各类报刊，却未闻呈献过“巨著”。日前她到寒舍造访，送来一册沉甸甸的诗集校样，并嘱为之作序，不觉使我精神为之一振。

事后沉静下来展卷披阅，原先只是打算抽一部分有代表性的研读，然后落笔。但读着读着，深感她的诗作结构严谨、想象空间开阔，内容和表现形式都很独特，于是改弦易辙，将整本书从头到尾一字不落地慢慢研读咀嚼，使我精神再次为之一振！

《时间的剪纸》共分《禅城赋》《南海潮》《顺德辞》《高明记》《三水引》五个篇章，共119首诗歌。举凡我所知及许多尚未知的佛山非遗项目，悉数收入其中，使我精神三度为之一振！

这119首非遗诗所抒写的，包括粤剧、粤曲、岭南古琴、粤讴、木鱼书、行通济、彩灯、佛山剪纸、佛山秋色、石湾陶艺、中医药、佛山龙舟、佛山十番、舞狮、赤山跳火光、盐步老龙、九江灯谜、西樵大饼、九江煎堆、顺德双皮奶、高明花鼓调、三水玉雕，等等，还有许多我甚少听闻或闻所未闻的，诸如熊氏少林大易筋经、唢呐制作技艺、华岳心意六合八法拳、黄连仓沮信俗、真步堂天文历算、关帝侯王出游、疍家艇、独树岗千叟宴……

经了解，得知樱子这些年经商办环境艺术设计公司，在文化产业、环境艺术设计方面颇有建树，市内外各级政府不少项目的建设和非遗项目的开发利用，都与樱子含金量颇高的规划设计有关。正因为近几年来做了不少非遗项日规划设计，对佛山非遗有了直观的认识，加上批阅了大量古籍文献资料，尤其是与非遗有关的史料，对佛山非遗有了较为深刻的了解，于不知不觉中产生了特殊的感情，并决心要通过诗歌的形式，完成对佛山非遗起死回生的回眸。诗人以个人的视角观察，尽量将历史上的非遗厚积到诗句之间，加上地域元素已刻入作者的骨血中，于是就有了这本诗集。

樱子在《佛山春节习俗》中写道：“佛山春节习俗/从一串串油香开启味蕾//灶台，油镬滚烫/腊月的迎春花/开在热气腾腾的煎堆油角里//在筷子路。开心的市民/借一副挥春的韵律/扩大了春节喜悦的面积//家家户户高挂的红灯笼/像辞旧迎新的一场歌舞//文华花市，盛放春消息/我把一朵年味，悬挂眉梢眼角/好日子，在阳光里徜徉。”诗人像一位春的使者，开启了“巡城”的步履，从家家户户的油镬，巡到筷子路的挥春档，再又来到文华花市，随着行花街的男男女女的欢声笑语，分享到一缕富有佛山年味的欢愉。

我不知道樱子饮不饮酒，雅量如何，但她在《石湾玉冰烧》里，分明是一位长于品酒的酒仙：“今夜，我蘸着月光下酒/将一碟宋词，一碟粤曲/人生的离合悲欢/陈年旧事/生活琐碎/在一壶玉冰烧里发酵/一饮而尽//微醺中，那燃烧的词语/如一段被酒精炙烤的口诀//饮者，欢呼雀跃……”有人说，借酒浇愁愁更愁。而诗人品酒，用宋词、粤曲作下酒菜，将陈年旧事和生活的琐碎，像冰河解冻般消融。

三水区最大的一条自然村独树岗村，敬老之风世代传承，一直延续至今。每年九月初九重阳佳节（敬老节），在洪圣庙里举办“千叟宴”。诗人从独树岗千叟宴，联想到佛山的尊老爱幼之风：“时光带走了容颜/却带不走芦苞的乡音/千叟宴，在浓郁的方言里/咀嚼乡愁，品味仁慈//一些酸甜苦辣/摆成大写的“寿”字/一些孝善烹煮的/慰问声，在宴席上互诉衷肠……”每个人都将会老去。当今对于老年人来说，基本生活已不成问题。不为大鱼大肉，也已不胜酒力，最盼的是敬老之风熏陶下的另一种醉意……

在这册诗集里，诗人企望将佛山非遗刻录进119首诗里，借诗歌，呈献对古老的土地、对历史、对生命的沉思，对大地的悲悯，考究着每一项非遗的产生、社会价值，和上千年、几百年传承的理由。读着读着，我油然而生出一种感想：比起须臾不可或缺的布帛菽粟，非遗显然不是生存的必需品，但是它竟然世世代代传承下来，并从一个侧面反映出社会的繁简兴衰，呈现出地域性的表征，彰显出个体认识中的丰富情思！这就雄辩地证明了非遗顽强的生命力。

在我有限的识见和认知里，迄今为止，佛山可能还不曾有一位诗人，像樱子那样，以较高的站位和独特的视觉，如此全面、系统地将佛山的非遗项目，悉数融汇于诗里。正是这一点，彰显了樱子的魄力与胆色！是为序。

（何百源，中国作家协会会员，国家二级作家）

CONTENTS 目录

第一辑 · 禅城赋

目录 CONTENTS

CONTENTS 目录

目录 CONTENTS

目录 CONTENTS

CONTENTS 目录

目录 CONTENTS

后记

这一座叫“禅”的圣域
正敲锣打鼓，追逐秋的方向

第一辑·禅城赋

岭南盆景

这是一盆有故事的作品
源自天然
经陈志就的手
修剪成
苍健俊逸的立体画
无声的诗

在张槎。阳光
无法穿透的密林，深处
隐藏着奇山怪石和年轮
一个老人，借景
抒情，手执剪刀和时间
从榆树……
请出林中闪电

骤雨初歇。太阳
从盆景的气韵
破云而出
一些被闪电划亮的面孔
褪下绿，褪尽
岁月的沧桑

不远处，树梢在轻晃
一棵九里香
向浅水处挥手。黑暗中
总有一双眼睛
在莲塘，为秋天送行

注：岭南盆景取材于各种植物或山石，以“小中见大”“缩龙成寸”的艺术手法，将大自然名山胜景高度概括和浓缩在大不盈尺的盆盎之中，是中国盆景艺术五大流派之一，已有近千年历史。到了清代，盆景艺术已普及于民间。岭南盆景的艺术风格发展出三个流派：一是以佛山叶恩甫为代表的附石盆景；二是以广州孔泰初为代表的“大树型”树桩盆景；三是以广州海幢寺素仁和尚为代表的“高耸型”画意盆景。现为市级非遗保护项目，保护单位是禅城区非物质文化遗产保护中心。

岭南古琴艺术

佛山像一把古琴
士大夫们
在这座城里生根，抚养音乐
繁衍出岭南琴派

明清时期，南海
地域的琴音
有欢喜，也有衰老的伤悲

邝露、陈子壮、陈邦彦……
构成阵容
《水东游》
还有多少机会按下手印

有人知道月光提前关灯的秘密
有人在悟雪山房
提一把灯笼
照亮白发苍苍的琴谱

一只手，从木头
请出治世之音
一只手，从琴弦

领着古典主义的皱纹归去

琴，握紧枝杈
听秋风
抚，给谁听

注：在中国乐器中，古琴的声音最为特别，细腻含蓄，在抹挑勾剔、吟猱绰注间抒情寄性。古琴历史可以追溯到5000年前的西周初期，它是最古老的、纯正的中国乐器之一。岭南古琴艺术，随着南宋中原移民传入，其后数百年间繁荣昌盛，代有传人，逐渐形成“岭南琴派”艺术风格。现为市级非遗保护项目，保护单位是禅城区博物馆。

木鱼书

在歌谱摸鱼，浪花包围了我
时间织成的网
漏掉了，一条条鲜活的典故

河流起伏。欢快的歌词奔涌
岸边的文笔塔
拴住一群鱼虾的目光……

每一声木鱼喊出的欢呼
都追着宣纸上的叠句和副歌
这满口咸淡水流淌的唱腔

有词作者湿漉漉的命运

年迈的南音，从水里摸索上岸
豢养成一曲遗产
桑基鱼塘，仿佛丢失了什么

注：木鱼，又称摸鱼歌、沐浴歌，是粤语曲艺的鼻祖，形成于明代中叶，广泛流传于两广粤语地区。其唱本俗称木鱼书，不少龙舟、南音唱本和粤剧是由木鱼书而来的。

粤剧

穿上凤冠华衣和浓墨重彩
站在三百年的岭南第一台

婉转唱腔，从万福台悠悠升起
一出《紫钗记》

让新时代，听出明亮的音符……

多少故事，出将入相
在跌宕起伏中，安然打坐

演技，惟妙惟肖
让南国红豆绽放出新的味道

万福台，穿插了几个朝代的剧情
滋养出岭南意象的精气神

红船过处，洪拳的浪花
和事物的细节，被时间悄悄带走

我扶着琼花会馆的历史
将命运的喜怒哀乐慢慢收拢

放在一阕旧词中，珍藏。此时
台下的孤寂，多像喧闹的归宿

注：粤剧，是广东省最大的地方戏曲剧种，又称广东大戏、广府戏等，流行于两广、港澳等粤语地区和上海、天津、台湾等地以及东南亚、美洲、欧洲、大洋洲等粤籍华侨、华人聚居的地方。佛山是粤剧的发源地，佛山琼花会馆是本地班艺人最早的行会组织。中国历史上唯一的艺人起义就是佛山红船弟子李文茂率领的粤剧艺人“红巾军起义”，在中国历史上，尤其在戏曲史上写下了光辉的篇章。现为国家级非遗保护项目，保护单位是佛山粤剧传习所。

粤曲

从素朴的兆祥黄公祠传来
咿咿呀呀，曲调
悠扬婉转

一卷一翘的滑音
直把禅心拖来拖去

这一群老艺人
抱琵琶，拉二胡
在泛黄的曲谱上
同醉同乐

翘起的舌音，让人听出
柔软的广府语句
层层叠叠，如泣如诉

一枚枚优美句子，绕来绕去
几缕情思
遗落民间，饮尽了杯中酒

此刻
我徘徊在华光大帝面前

遇见今生
前世，一个陌生的名伶

注：粤曲是用广州方言演唱的曲艺品种，主要流行于珠江三角洲地区及其他粤方言地域，并流传到东南亚、美洲的粤籍华侨及华人聚居地区。粤曲与粤剧在音乐唱腔、板式等方面基本相同，划分为大喉、平喉、子喉三种唱法。粤曲的早期曲目大都来自或改编自粤剧班本，粤曲从20世纪80年代起进入一个新的发展时期，私伙局兴盛。现为省级非遗保护项目，保护单位是佛山市文化馆、南海区文化馆以及顺德区文学艺术界联合会。

粤讴

用琵琶、洞箫、扬琴
伴奏的曲种，在粤调上萌芽

寄生于疍歌与咸水歌里
随歌手上岸
曲调越来越清淡

道光年间。南海名士招子庸
将遗传下来的民歌结集
成了英国人耳中的《广州情歌》

字少腔多的韵味
在俚语的秘密中
慢慢泛黄，匿迹销声……

在西樵山。关祥老人
用龙舟说唱，抢救
蹲在折子戏里的百年沧桑

粤讴，嗓音沙哑
孤独成一个瘦弱的名词

注：粤讴，又名越讴，别称解心，是继木鱼、龙舟、南音之后，于嘉庆年间形成的粤语曲种。发祥于珠江花舫汇聚的南濠、谷埠、沙面等地。鼻祖南海招子庸于道光八年（1828年）付印的曲集《粤讴》影响深远。“琵琶弹出酸心调，到处盲妹唱粤讴。”这首竹枝词反映了当时粤讴流行的盛况。粤讴后来被粤剧、粤曲吸收入腔而流传至今。现为市级非遗保护项目，保护单位是佛山市文化馆。

南 音

这个声音从古至今
吹拉弹唱
说尽了多少个春秋

从木鱼孵出的非遗项目
在清代乾隆年间
衍生出音域新长的印记

民间的传承人
揉一揉嗓子，把南音
拉高，变成了
中国音乐史的活化石

塔坡。季华乡的方言
已古老

佛山博物馆里
陈年的唱腔，内敛唯美
我在一阕唱词上
醉倒。泪湿青衫……

注：南音是在木鱼、龙舟的基础上，吸收扬州南词和潮曲长处，形成的新的粤语曲种，流传始于清代乾隆年间。南音发祥于珠江花舫女伶汇聚的谷埠、沙面、南濠等南海县属地。孤本南音曲集《今梦曲》影响深远，顺德何惠群所作的《叹五更》，被誉为“粤调双绝”。广州、扬州和潮州帮是近现代南音唱腔形成的三大流派。地水南音代表人物是顺德红伶白驹荣。南音对粤剧贡献良多。现为市级非遗保护项目，保护单位是佛山市文化馆。

彩 扎

在纪岗街。一种呼唤
从黎祥新古老的作坊跃出

乾隆年间的彩扎技艺
仍在黎氏指尖沙沙作响

复杂的扎扑与写装
一千三百个坚固扎点
多像狮头神秘的密码

谁能装配出吉祥
狮头，有月光的鬃毛
生动而逼真

迷人的镜像里，一头狮子
正缓步走入我的视线
用魂来修补打瞌睡的精神

那大红大绿的色相
附着驱邪镇妖的深厚功力

点睛之后

狮头
焕发炯炯有神的目光

我在一张扑纸
的身上，看见美好

这灵巧的手艺
生猛的狮头
是佛山扎实的印记

注：佛山狮头（狮头扎作），兴起于清代乾隆年间，至今有二百多年历史，是民间民俗喜庆活动和群众武术体育活动的用具之一，是南狮艺术的代表，在海外华人中影响深远。佛山狮头主要分为文狮、武狮和少狮三大类，又以狮头脸谱造型和色彩特点，分为刘关张狮和彩狮两大品种。佛山狮头注重装饰效果，不同色彩的脸谱，装配不同颜色的装饰物，把狮头装饰得活灵活现，多姿多彩。佛山狮头的艺术风格和制作技艺独成一家，堪称岭南文化和东方工艺美术之代表。现为国家级非遗保护项目，保护单位是佛山市民间艺术研究社。

佛山纸扑

清代的纸质传说
从三元寺缓缓升起

于秋色的幽深处
驻扎，粘贴出
佛山最仿古的陶瓷器皿

一轮月色。敲敲打打
敲薄，成为新古典主义的黄铜
涂上颜料，显影生命真相

当泥模或石膏模翻制出来
置阳光下晒干
然后，将事物在模上进行扑纸

扑出一层，叫“打水底”的秘密

暮色随着布料涌来
一些细节翻出了清晰的形象

此刻，手工艺人伸出手
塑造法相。加紧张贴
一些关于秋收的民间故事

从精雕细琢的漆扑里
我看见泥浆的前世今生，和
一张纸，抿紧薄细的嘴唇

纸扑，像我认识的一张脸
出现在一部叫“禅”的纪录片中

抚慰我日常的沉寂

注：纸扑工艺其实就是简化版的漆扑工艺。相传在清代末期，佛山“三元寺”住持了尘法师嗜好古玩，怎奈财力有限，了尘便把借来的古玩作胎，用泥翻模，再在模上用元宝纸扑下原状，然后细心修饰，最后在扑制好的纸坯上按原物颜色上色，用此法制出来的“古玩”可以假乱真。此后，这些纸塑的古玩参加秋色赛会巡游，仿效者众，逐渐成为秋色仿生艺术的一种民俗工艺。现为市级非遗保护项目，保护单位是佛山市艺术创作院。

佛山木版年画

明朝永乐年间的普君圩
二百家木版年画铺
挤在几十米长的细巷内
摆卖一张张祝福

如今，只剩下冯氏木版年画
的乌木匾
仍站在寂寥的旧时光里，守望
用粤语喂养的年味

技艺娴熟的冯师傅
七十年如一日
起稿 刻板 配色 套印 开脸
他手中一个个灵魂的图谱
勾勒出国家级非遗文化的想象

冯师傅，端坐木版的封面
在被粤曲敲打的月光，陶醉
就着一张薄薄的纸
铺成春天的问候，挂在空中

锋利的刻刀，抽象的意境
在岁月温柔与阳刚中描摹

挽救即将流失的民间线条

此刻，我多想
用文创的符号，复活门神
唤醒木版里，细腻的纹理
笔画中最简洁的悲悯

一滴墨水落在老街的年轮上
把空旷的姿势
刻录，在汾江河湿漉漉的腔调里
镶嵌成剪纸，刺绣、陶塑的影子

这一幅胜于杨柳青、桃花坞
的佛山木版年画
油印成习俗，衍生出精神
红彤彤地
贴满家家户户的门楣

像诵过经的那一缕火苗

注：佛山木版年画源远流长，始出现于汉代，以清乾隆、嘉庆至抗日战争前为盛。佛山木版年画从制作工艺上分为木版单色画、木版套色画、木版套色加手绘画和木版印线手绘画四种。佛山木版年画主要用于庆贺、祭祀、祈福和装饰环境等。佛山木版年画目前濒危状况十分明显，传承仅剩“均记”后人一家。现为国家级非遗项目，保护单位是佛山市民间艺术研究社。

佛山木雕

何师傅
独自将复杂的
榫头，卯眼一敲一打
敲打出日复一日的技艺

他将榫卯组合。年轮
一一劈开
裂口
像一部剖开的史书

史书散开的页码
布满旧疼与新伤

一块木头
经他巧手解构
镂空、线刻、雕琢
请出了灵秀的花鸟
壮丽的山水
琳琅的传说和慈悲的灵魂

这些寻常木头
经斧子和凿刀削减
削平了凸凹不平

慢慢打磨出美好
在他满是老茧的手掌里
开出熠熠生辉的花朵

一截木头
一段故事
记录着岁月的痕迹

这悠长的一刻一琢
寻出佛山时代跃迁的脉络
落字成词
意蕴深长

注：佛山木雕是广东两大派木雕工艺（潮州木雕和佛山木雕）之一，属广派木雕。佛山木雕工艺有镂空、线刻、薄雕、浮雕等。清代中晚期，佛山木雕业相当繁盛，清光绪年间，广州、佛山、三水的许、何、赵氏三人合伙经营木雕业，时称“三友堂”，是清末时期广派木雕的杰出代表。清光绪初年，木雕工人组织了行会，会名为合成堂。现为省级非遗保护项目，保护单位是佛山市文化馆。

佛山彩灯

节日孵出的彩灯，大街
小巷，浮现
八百年的光影……

龙凤灯、莲花灯、飞鸟灯、龙船灯
张灯结彩，像大地上的温暖

那些竹篾、铁线、砂纸、绸布、铜衬
扎制出千姿百态
纸扎、绘画、剪纸、雕刻
创作的妙趣
惊醒一群风
疏导东平河上干涸的思维

一场提灯的盛会
装饰辽阔的梦
斑斓的肌理
将彩龙之乡的瑰宝
拽在手心，紧紧巴巴

祥瑞与喜悦，泄密
让佛山穿上一袭五彩

裙纱

和风过处，灯影绰绰
一座城，有了醉意，摇摆
成彼此的风景

披着灯彩的使者
将希望之光，浓缩成诗
送给阅读禅的人

此刻，灯宴归途的蹄声
还在普君圩穿行
流淌在岭南脉络里的一滴血
不断，升腾起灯彩的盛世

注：佛山彩灯，又称“灯色”，具有南方彩灯精巧秀丽的特色，是中国传统彩灯艺术的主要流派之一。明清时期，随着佛山商品经济的发展，以行业或居民聚居的“铺”为单位的民众自发操办起民间艺术赛会，其中以巡行形式展示民间彩灯的“提灯会”相当活跃。佛山彩灯扎制品类丰富，包括头牌大彩灯、人物故事组灯、彩龙灯、年宵花灯、中秋灯、秋色特艺灯，以及各种形状和规格的彩灯等。以佛山独有的铜衬剪纸作装饰，纹样丰富，色彩艳丽，金碧辉煌，在海外唐人街具有广泛的影响力。现为国家级非遗保护项目，保护单位是佛山市民间艺术研究社。

时间的剪纸

一双巧手
在薄薄的纸上旋转
万物妙趣，跃然纸上
剪出佛山风情

那些复杂图案
细腻纹路
高纯度的色彩
像是写给春天的情书

是谁，拿起这把锋利
刻、凿、衬、印
剪断岁月残留的寒意
裁剪时代的红

是谁，细凿岁月
将历史的底蕴烘托出来
让八百年的风光
沿着线条
修复成古典的韵味

那手工流转的温暖

跟着岭南脉络
一遍遍地阅读祖庙的心事

玲珑的空隙，那些细碎缤纷
以及塔坡的旧时光
款款而来
书写着一帧帧春的故事

盛放于民间的艺术奇葩
让春之美从指尖流出
让生命与灵魂在斑斓中跃动
勾勒出佛山的风骨

我想用觉醒的词语
拾掇翻新的典籍
在一剪春风里，仰望
镂空的禅

注：佛山剪纸是中原传入岭南的民间艺术，随佛山的手工业兴盛于明清。佛山剪纸主要用于赛会迎神、祭祀建醮、出秋色之所需。佛山剪纸分为纯色剪纸、衬料剪纸、写料剪纸、铜凿剪纸四大类，再根据用料和工具的不同，又细分为纯色、纸衬料、铜衬料、染色料、木刻套印料、铜写料、银写料、纸写料、铜凿料等九种。手法采用剪和刻两种形式。其中铜凿剪纸最具佛山特色。佛山剪纸现为国家级非遗保护项目，保护单位是佛山市民间艺术研究社。

佛山秋色

一车秋风，一车彩虹
满载缤纷，穿过年轮……

大街小巷，一行行清脆
悦耳的铃声
从祖庙脊背里抽身而出
将丰收写满天空

长长的队伍
模拟生动的乡土艺术
把永乐年间的故事织成柔和
向北帝汇报大地的喜讯

路面流动交错的线条
与锣鼓声，扶摇直上
幻化成皓月，串成洁白的思念

将塔坡千年的月色
临摹成一朵鲜花
别在秋意正浓的禅城

此时，翻开佛山地方志

鼎盛南国的
陶瓷、纺织、铸造、医药行业
依然熠熠生辉

玲珑的灯色
折射出古典，安稳的自信

借着光影
走马灯，昂首阔步
走出佛山的欢乐颂

腾飞的锦龙，不屈的铁犁
在三龙湾宽阔的额头上日夜耕耘
熊熊燃起的火把
发出辛勤劳作的冲天声响

滚动在明珠塔上，经济曲线
一次次刷新佛山传奇
让季华乡
彪悍成双万亿的城市名片

这一座叫“禅”的圣域
正敲锣打鼓，追逐秋的方向

它努力生长，氤氲荣光
装饰着一个个盛世的日子

我将敢为人先的精神
藏进古镇的心里
温柔成一枚闪亮的词

装入背包，今夜的浓情里

注：“佛山秋色”相传起源于两晋时期，明正统十四年（1449 年）定名为秋色。“秋色”意为佛山金秋的景色，因在中秋节前后的月明之夜以大巡游的形式举行，故又被称为“秋色赛会”“出秋色”“出秋景”。明代中叶至清，佛山成为全国四大名镇之一，“佛山秋色”也发展至鼎盛。“佛山秋色”基本内容分为民间工艺品和文艺表演两大类。民间工艺有扎作、砌作、针作、裱塑、雕批等五种，工艺特点是：原材料是随手可得的农作物，化腐朽为神奇；制作技艺新奇妙肖，以假乱真。文艺表演包括民间音乐、舞蹈、戏剧、杂技、化装表演等五类。秋色巡游的表现形态又分为灯色、马色、车色、地色、水色、飘色、景色等七色。参演群众数千人，巡游队伍长达数里。现为国家级非遗保护项目，保护单位是佛山市民间艺术研究社。

祖庙庙会

是谁泄露了祈福的快讯
人潮都奔向非遗博物馆
浩浩荡荡，人们
奔跑成花海里的蜜蜂

北宋元丰年间，信仰
已有五百年。历史的酬神
献恩，被塑身成一朵莲花

北帝坐在轿子上
从天而降。仙女手捧贺诞寿桃
有人双手合十，默念湿透的词

锣鼓、旗帜、醒狮，鸣锣开道
一场热热闹闹的岭南民俗
沐浴着北帝惩恶扬善，济贫助困的
传说

是灵山圣水，鲜活了北帝
还是北帝与禅结下不解之缘

灵应祠里的神仙
司水的定海神针

有着慈爱的目光

一场敲锣打鼓，旗幡猎猎
非遗庙会
古老的故事
从长长的道路缓缓流出

端坐神舆上的北帝
将风调雨顺，抛洒得越来越远
梵音，护佑着日月山河

祭文上的繁体字
在汾江河边饮水，笔画如同缓慢的
时光。正在行进的队伍
把祝福聚拢成浪花

像一张张水神的脸

注：佛山祖庙庙会的起源与北帝供奉密切相关，从宋代元丰年间祖庙建立以来，很早就形成了乡耆、士绅来祖庙议事的“庙议”规矩，成为集政权、族权、神权为一体的著名庙宇。每年农历三月初三为北帝神诞，庙会活动主要内容有：一是庆典仪式，包括设醮肃拜、北帝巡游、演戏酬神和烧大炮等；二是相关的祭祀活动，如正月初一至十五以及每月的初一、十五的行祖庙，正月初六至三月三十的北帝坐祠堂，二月十五、八月十五的春秋谕祭等。现为国家级非遗保护项目。保护单位是佛山祖庙博物馆。

行通济

一座桥，连接古今
人与人摩肩接踵
从白天到黑夜
驮着春汛，从北走到南

桥上八仙，过海的法宝
点燃古老的愿望
石阶上的九出十三归
诠释着盈利的步伐

风车、花灯、生菜
和密集的祝福，挤过牌坊
挤过一条发烧的河流

举风车、摇风铃
扶老携幼的人
流动成正月十五的风景

让笑容次第经过
安慰俗世间隐藏的不安

翻新的通济牌坊

挂起红灯笼
保持着古典的站姿

仰望禅城的天空
星星
像一位仁慈的提灯人

我咀嚼春天，青绿的诗句
从村尾垂虹走出来
在桥头抵达
宽广，和善意的美好

注：“行通济”指每年正月十六佛山人行“通济桥”，以求来年风调雨顺，心想事成。明朝天启五年（1625年），户部尚书、乡人李待问回佛山倡议修桥，翌年建成，并取名“通济桥”，寓意“以正义通，以亨屯济”。佛山商民为求来年生意顺遂，便行通济桥讨好意头，后渐成习俗，并衍生出“行通济，无闭翳”这一广为流传的俗语。佛山市民“行通济”，多携风车、灯笼、生菜等物品。现为省级非遗保护项目，保护单位是禅城区博物馆。

佛山春节习俗

佛山春节习俗
从一串串油香开启味蕾

灶台，油镬滚烫
腊月的迎春花
开在热气腾腾的煎堆油角里

在筷子路。开心的市民
借一副挥春的韵律
扩大了春节喜悦的面积

家家户户高挂的红灯笼
像辞旧迎新的一场歌舞

文华花市，盛放春消息
我把一朵年味，悬挂眉梢眼角
好日子，在阳光里徜徉

贺新岁，接财神
到处是广府语甜甜的问候
红包连着笑语欢声

逛祖庙，酬神，祈福
将龙图腾里的遐想
融入平安的寓意
如此美好愿望
谁不心领神会？

此时，我手持风车
和生菜，行走在通济桥上
远处，一笔隶书
从清明上河图走出来

描述着春风得意的习俗

注：佛山春节习俗，大致可分为腊月迎春、新年贺岁和酬神祈福三大类。从腊月下旬至年三十为腊月迎春习俗，包括谢灶、扫屋、上挥春、开油镬、行花街、卖懒、除夕点灯照耗、压年等。贺岁习俗有：燃鞭炮贺新岁、接财神、买发财大蚬，唱龙舟歌、鲤鱼歌，拜年贺岁、行银路、醒狮贺岁等。春节酬神祈福习俗主要有：初一逛祖庙、游神祈福、元宵灯节与花灯会、元宵踏青、生菜会、烧花炮与演大戏，正月十六行通济。

华光诞

农历九月廿八，火神
把雾霾的戏服，悄悄给汾江
披挂上阵
让秘密的风儿收走

晚霞给一条江着上彩衣
怀旧的大戏
游刃有余，一些大老倌
和泰斗，是兆祥公园最动听
的唱腔

火越来越旺了，烧红
神功戏的传说
南音的唱词，开始摩拳擦掌
在小调的鞘中
抽出
击中琼花会馆更新的剧情

红船吸入的云朵里，我看见洪拳
在密谋一场武打桥段
像演给民间观赏，或者历史回看

与习俗有关的请柬，叠成鱼
放生在咸水歌里，休养生息

我在西江和北江相握的辞典里
咬住字的含义，细数木船
载着梨园艺人消失的日子

在万福台。出将入相的人
忙着穿梭剧本
祭祀的火把，时断时续
大戏的刀枪
至今，还卡在我的喉咙深处

注：华光是道教的四大神祇之一，诞期在农历九月二十八日，粤剧伶人奉华光大帝为祖师。又因华光闹琼花会而得名，故戏行行会又被称为琼花会馆。华光诞庆典包括舞狮、舞龙、抬华光神像巡游等仪式，民众到华光庙参拜，设供品，祈求一年平安。华光庙宫则上演酬神戏，热闹非凡。现为市级非遗保护项目，保护单位是禅城区博物馆。

上元舞火龙

翻开一卷上元村居图
脑门便闪现一颗颗火星
和信的种子
就在我的掌心蔓延开来

遍插香火的龙
是上元的集体乡愁
是根脉
是最深沉的精神皈依

这一天
太婆井、霍氏宗祠、白屋公园
处处都有吉祥高高举起的热情

火焰烧烫苦难的过去
点燃创业的豪情
点燃全国百强村，壮美的诗篇

火龙翻腾，驮着祈愿
穿越巷陌，节日的喧嚣
走过密集的祝福语，夜的抒情

一束心灵火种
从龙头出发
奔跑在平平仄仄的小康生活中
韵脚，奏响一个个非遗乐章

一种幸福，发出浩大的邀请
成群结队
在厚厚的村志里，向我招手

它分行的梦想
有我精心设计的文化符号

上元舞火龙
将黑夜还给光明
每粒灰烬都是狂欢过后的星星

极目，上元的天空
那是一篇奋斗者宏大的叙事

注：禅城区南庄镇上元村自古为来自山西的霍姓聚居的村落，他们传承了中原龙图腾文化，在农闲之余，利用竹、秸秆或芋头叶梗扎制简易的手工龙，用于节日拜神和娱乐。他们在龙身上插香，祈求安康，发现火龙熠熠生辉，于是，上元先祖就把烧香祈福和舞火龙结合起来，在每年中秋节举办火龙巡游盛会。现为市级非遗保护项目，保护单位是禅城区南庄镇文化站。

石湾陶塑辞

水土的加减法
将时间与梦想缓缓掺进去
用刀、按、捏、贴，精雕细琢
塑出神奇。千姿百像

晕开丹青的釉色
融汝、官、钧、哥、定窑的技法
揉捏勾勒
捏出心中豪迈

流畅的线条，笑容可掬
像首散文诗。历史的镜子

火苗，烧红了月光的絮语
嬗变的图景
用禅语说出平凡与抽象

石湾龙窑。火焰
为神话纹身
让禅在人间轮回

栩栩如生的公仔

包裹着河宕贝丘遗址的精魂
它雄健的筋骨
在陶艺圣地傲然挺拔

人民在美陶湾，忙着
拿捏今生，说出一团
佛山隔世的火……

注：石湾陶塑技艺，主要分布在佛山市禅城区石湾镇街道及周边地区。石湾陶塑技艺是在日用陶器的基础上发展起来的，最早可追溯到新石器时代。自明代嘉靖年间至新中国成立前，石湾陶业行会已细分为24行，其中的古玩行（又称公仔行），主要生产案头艺术陶塑产品、各类小型陈设器皿及各类动物陶塑等，后来成为“石湾公仔”陶塑艺术的代表性产品，多次荣获国内外的奖项，被国内外的美术馆、博物馆争相收藏。石湾陶塑技艺实物主要分为人物陶塑、动物陶塑、器皿、微塑、瓦脊陶塑五大类。现为国家级非遗保护项目，保护单位是禅城区博物馆。

南风古灶歌

祖祖辈辈烧制而成的故事
时光的裂纹
从古窑壁上缓缓脱落

蕴藏了五百年南风的窑洞
一身泥土气息
从明朝正德年间生起熊熊柴火
至今还没停息……

扎根红砂岩的老榕树
历经百年风雨
越发茂盛
遮天蔽日的苍翠
让一小块天空绿得出神入化

多年的薪火相传
将石湾瓦盖成甲天下的美名
百座龙窑，圣火鼎盛
把泥土烤成一张金箔名片

那些栩栩如生的器物
是工匠的化身
蘸着旷古的包浆，抒写热烈
入窑一色，出窑万彩

记忆深处，公仔撑起的
绿荫，曾挡住日寇的舞爪张牙
密麻麻的根，潜入河床
母亲河，涌动的呐喊
那是古榕为龙窑轻洒的血

川流不息的东平河啊
隔岸柴歌仍在耳边回响

我在一首通红的歌谣里
听见时间的
釉变和古灶幽微的脆响

注：石湾窑的龙窑最早出现在北宋时期，石湾现存三条古龙窑，其中明代正德年间的南风古灶和高灶是全国重点文物保护单位。明代以南风灶为代表的龙窑改革，是石湾陶瓷技术史上的一次重大革新。通过火眼投柴来控制窑内温度和气氛是当时最先进的柴烧技术。清代石湾出现了“砌窑行”。石湾龙窑柴烧技艺只靠师徒传承。“睇火”是一脉绝技。现为广东省级非遗保护项目，保护单位是佛山市禅城区石湾镇街道陶瓷博物馆。

石湾琉璃瓦

在禅城。窑火烧制的琉璃
徜徉在时间的屋顶上
解读，甲天下的石湾瓦

层层叠叠的构件
在电脑体的设计书上创作
翻模，印制，修坯……

谁给烧制的石湾，上釉
寄宿陶瓷制作的技艺里
传承口诀，密密匝匝
嵌入古色古香的风景画

红狮人，在烘烤创新梦
匠人缜密的手艺，列阵的瓦脊
像非遗项目摁住仿古的词

远处，屋顶有倾斜的慈悲
一片琉璃瓦，披在庙宇身上
犹如一件流光溢彩的外衣

一些月光装饰过的窗口

描摹成仰望的美好
瓦楞生长出来的滴滴答答

在美陶湾，引线穿针
缝制秋雨春风
和人世间不慎遗失的星辰

注：“石湾琉璃瓦”是中国特有的建筑材料，石湾是岭南地区最重要的建筑琉璃瓦生产基地，从明代起为我国南方的庙宇祠堂、公园亭台提供了品种多样、釉色丰富的琉璃产品。石湾琉璃瓦采用适当的陶土作坯，经1250℃以上高温烧成，技术和艺术含量很高。1977年以美陶厂和建陶厂为主为毛主席纪念堂制作的大型浮雕花板，是传统工艺在新时期的创新。现为佛山市级非遗保护项目，保护单位是佛山红狮陶瓷有限公司。

酝扎猪蹄

一块老匾，挂在
又窄又长的禅城绝句里

汾江河畔。接官亭传来捷报
历史仍在一镬酱汁里
等待时间浓稠的隐喻……

得心斋，水草密密捆扎
肥一层，瘦两层。美味叠加
藏于老灶烟火的密钥里

一群揣着得心应手愿望的人
向老街聚集
在香喷喷的招牌前驻足流连

翻找出，肥而不腻的因子
那是一代代粤菜师傅
用汗水和绝技续写的秘诀

一道菜，一段情
丰盛了世界美食之都的餐牌

舌尖上的甜酸苦辣
抚慰过多少疲惫的乡愁

酝扎猪蹄，思乡的脚步
指引过无数归家的游子

老菜谱上，滚烫的烹饪功夫
焖煮成一个百年老字号
在炊烟袅袅中，越走越远

注：得心斋创建于清代乾隆年间（1736—1795）。原名和记猪肉店，位于汾江河畔正埠码头附近，生意颇为兴旺。店主余浩忠将猪手脚巧制成别具特色、风味独特的酝扎猪蹄，以寓意吉祥如意、心想事成、仕途顺利、生意兴隆，因而被誉为“得心应手”，有“卤味之王”之称，从明清时代起，至今已盛名近300年。现为佛山市级非遗保护项目，保护单位是佛山市得心斋食品有限公司。

佛山盲公饼

民国的《佛山忠义乡志》
在教善坊街口留白
记载：饼食行，鹤园社合记号
之盲公饼为最有名

何合的卜易馆
像是活着的悲悯，玄机
在一块肉心饼上
产生化学反应，让茶水凋零
手信重新命名

盲公饼，采用糯米、绿豆
冰片糖、花生、芝麻、花生油……
炮制。始创的饭焦
还在佛山铁镬的句号中
煮茶、泡茶，聊古今

娴熟的手艺，必先将
精巧加工至熟至香
再按配方称料、开粉
打饼、烘焙、冷却
包装成
佛山的非遗文化点心

开粉
像盲公饼制作工艺的
绝招
有别于其他饼食
人手开粉，将原料直接混合
讲究反复压、辗、揉、擦的
手工技巧，避免起筋、有糖粒

如今，盲公饼的日子
被机器兑成钞票
从饼印上敲落
饼食从商店
谋划新的构思，订单重见光明

这时，日历保持陈旧
夕阳，从祖庙的怀中伸出手
成为合记烘焙出来的成语

注：盲公饼是佛山著名特产之一，清嘉庆年间（1796—1820）由佛山盲人何合之子何豫斋创制，俗称为“盲公饼”，闻名遐迩。至清光绪元年（1875 年）又加猪肉配制，工艺独特，香甜可口，具有色泽金黄、甘香酥化的风味。佛山盲公饼由 1956 年组成的“佛山市公私合营合记饼干糖果食品厂”专营，现为佛山市合记饼业有限公司专营。现为佛山市级非遗保护项目，保护单位是佛山市合记饼业有限公司。

石湾玉冰烧

1895 年，翰林学士陈如岳
在陈太吉酒庄酿制雅令

他独辟蹊径，添加“肥肉”酝浸
在丰太洞自然陈藏
衍生出的 152 种香气
糅合成一种，浓郁芬芳的酒

它就是“玉冰烧”，
柔和，甘冽丰满……

这坛老酒
掺入高庙的禅意
空灵而悠长
每一杯，都盛满俗世赞赏的目光
——醉人的岭南香
沉甸甸的中华老字号

物换星移，学识渊博的陈如岳
把自己酝酿成
中国白酒第六大香型的翘楚

今夜，我蘸着月光下酒
将一碟宋词，一碟粤曲
人生的离合悲欢
陈年旧事
生活琐碎
在一壶玉冰烧里发酵
一饮而尽

微醺中，那燃烧的词语
如一段被酒精炙烤的口诀

饮者，欢呼雀跃……

迷眼里，有人
从古典的缸埕
打捞出东平河
绵甜清澈的，豉香型酒令

注：“石湾陈太吉酒庄”由陈屏贤（小名大吉）于1830年创立。因为开张那天去了石湾的高庙磕头祷告时额头磕出血，有鸿运当头之象，于是在“大”字上加了一点，陈太吉酒庄由此得名。石湾玉冰烧是中国白酒第六种香型——豉香型的代表产品，其传统酿造技艺由第三代传人陈如岳于1895年始创，特色是“缸埕陈酿、肥肉酝浸”。玉冰烧的顶级陈酿是丰太洞藏。2007年，石湾酒被评为“中国历史文化名酒”。现为省级非遗保护项目，保护单位是广东石湾酒厂集团有限公司。

源吉林甘和茶

用二十八味中草药
煎熬成汁，提取菁华
融入青毛茶的
九蒸九晒
直至炼成一盒看家的
良药

这盒味甘而性和的茶饮
用热情冲服
沸腾的药力，足以
消融体内的不适症状

一盒仙草汁液
以四两拨动祛风之力
解痉，清寒
去水乡的湿热

神奇的偏方，传统的法力
藏着清代举人源文湛精良的医术
他积善积德
把生命力从一副病体里唤出
葱茏的精气神

护佑
佛山儿女灿烂的容颜
也唤起人们
对朱九江高足的回忆

这块饱含二百年情怀的
“源吉林”标志
在源氏悬壶济世的典故里
被打磨得，越发光亮

注：源吉林甘和茶配方始创于1892年，距今已有一百多年历史。源吉林甘和茶配方的创始人源吉荪原籍是广东鹤山霄乡，他在广东佛山研制并创建了该配方，进行规模化的生产，并以佛山为中心向省内外及东南亚等地进行销售。源吉林甘和茶拥有悠久的历史，享誉海内外，一直以来被百姓称为“盒仔茶”，具有疏风清热、解暑消食、生津止渴的功效。现为广东省级非遗保护项目，保护单位是佛山德众药业有限公司。

冯了性风湿跌打药酒

在豆豉巷。翻阅陈年的药铺信息
万历年间的万应药酒
铺设一路药香
步履蹒跚走了出来
冯了性的名号
附在一张宣纸处方里

补筋，健骨，强身的密钥
和药材一道
投入人间的药罐
这一刻万物沉浸，所有的力量
向相生相克的疗效靠拢

面对刀伤、跌打、劳损、风湿骨痛
一滴酒慢慢进入身体，浸透筋脉
骨缝里舒筋活络的声响
将疼痛变成柔和

冯了性，四百年跋涉
二十七味中药浸泡的祖方
漫过五行学说，漫过肢体肌理
流到病痛的穴位

每一滴都输送澎湃的热力

蚀骨的药效治愈了脏腑经络
也写入“国家药典”
它每一页的代码
都有脱胎换骨的慈悲

走进中医药展馆
“岭南药祖”的牌匾
挂着金黄的格言
守护，百折不挠的佛山

注：佛山冯了性风湿跌打药酒的创制技艺，流传至今有380多年历史。该药组方独特，疗效确切，产品行销全国。冯了性的父亲冯国琳，因精通医道和药理，创制了一种专医风湿跌打的药酒，取名“万应如意药酒”。后经冯了性专心研究，改进药酒原有配方，“万应药酒”也改名为“冯了性风湿跌打药酒”。正宗“冯了性”老铺在佛山数百年，一直世代相传，深入人心。1997年佛山冯了性风湿跌打药酒被列为国家中药保护品种。现为广东省级非遗保护项目，保护单位是国药集团冯了性（佛山）药业有限公司。

中医正骨疗法

佛山武术的绝招，蜕变成
李广海续筋驳骨的技艺
在生物力学里，察颜观色

李广海与陈渭良，师徒的正骨法
像一道光束，扫出病灶
给损伤的骨关节牵引复位

一代圣手开出的药方
拔出人体日积月累的痼疾
卸下伤筋动骨的偏旁部首

《中医正骨学》，像一张地图
找到了通向顽疾的路径
他原创的医学技术，穿透经络
正在矫正脱臼的骨头

抵达骨缝的药酒
泡软了过往的腐朽和僵硬
将陈年的苦与疼，抽离

摸骨摸筋的手法，如指腹绝技
扶正了佛山人挺拔的风骨

我在森城医院的骨伤科
为一行骨折的绝句
挂号
见证佛山中医院的传奇与创新

筋骨同源的非遗印记
让我猜想，曾经
还有多少直不起的腰身
需要跌打师傅化身的红色秘密

注：佛山中医骨伤科素有优良传统，以李才干为首的骨伤世家是清末民初佛山骨伤科的重要流派之一。第二代传人李广海，确定了“治伤从瘀”的原则，创建佛山市中医院骨科。第三代传人在发扬光大李氏骨伤疗法的基础上不断创新，如李家达研制出佛山伤科红药膏，提出分期诊治观；陈渭良在李广海正骨八法的基础上创立了具有佛山特色的正骨十四法。而第四代传人将传统正骨手法与现代医学的诊断学、生物力学、影像学有机结合，并在科研上取得丰硕成果。现为广东省级非遗保护项目，保护单位是佛山市中医院。

佛山伤科制药

秋天刚有山草药那么高
药水就变黄了
很多受伤的人钻进夹板与绷带
彼此看不见对方，涂上黄水
只能听到伤科，低低的呻吟声

我在佛山中医院房顶上看见
枝叶晃动，阳光骨折
人间出现一小片一小片淤血
和漩涡，那里面有我的亲人
他们一辈子
就掀起这点跌跌撞撞的浪花

在伤科制药技艺的指导书里
铜像有些旧了，手法却在创新
陈渭良祖传的秘方
在陈逊文手上疗效显著，熬制出
佛山的非物质文化遗产

远处，秋风能识别丹灶制剂中心的
刻度。风缓缓吹来，吹开一张潦草
的处方。吹醒李广海

尘封的红色秘密，岁月的青铜

一只陌生的手臂，翻出处方单
和发黄的诊断证明
里面有愈合后的伤口
正在说广府语
在一瓶药酒里，酝酿成
历史悠久的赞美

被悄然吸收于夜色阑珊处

注：佛山是岭南成药发祥地，跌打伤科制药技艺闻名遐迩，作为岭南伤科重要流派之一的李氏骨伤流派，起源于近代佛山，主要通过人才的培养、著述、创制伤科用药等方式传承其学术，对岭南骨伤临床产生了较大的影响。李氏创制的多种伤科用药，如李广海跌打酒、李广海跌打膏药、伤科散、白药膏、驳骨散、生肌玉红膏、佛山伤科红药膏，陈渭良创制的外用伤科黄水、渭良伤科油等，对行业产生了重大影响。现为佛山市级非遗保护项目，保护单位是佛山市中医院。

熊氏少林大易筋经

强筋健骨的口诀，喝醉了酒
从《易经》变通
脱换成筋的指南，法典的动作

那年熊师傅坐在民国
的梅州册页里
用招式，连通李佩弦的脉络
密缝铺贴
少林寺秘制的保健作用

接棒的李家驹
以武医融合祖传的禅意
融入佛山的肺
双掌开合，呼吸自然

在中山公园。一呼一吸
急促的往事，让我保持警觉

走过精武会门口
佛山的呼吸还在骨节里威武
汾江蒸发的温润
源自时间修炼的内功

大易筋经的手指穿越发际
那些黑白相间的岁月
意气相随，形神合一

注：在众多易筋经流派中，熊氏少林大易筋经是其中最具代表性的一个流派，是禅门正法，相传源自少林达摩大师，后来，功法传入广东梅县熊家。民国年间熊长卿（1852—1937）把族内秘传的熊氏少林大易筋经正式在精武会内公开传播。熊长卿弟子中最杰出者为佛山人李佩弦。李佩弦为西关正骨名家，广州精武体育会会长，佛山精武体育会会长。李佩弦对熊氏少林大易筋经在岭南的传承发展贡献巨大。现为佛山市级非遗保护项目，保护单位是佛山市武术协会。

蔡李佛鸿胜功夫推拿

武医济世的中草药，长成
鸿胜馆的铜像
在一碗功夫汤上，扎马步

汗水养大的跌打损伤
浓缩成一粒盐
敷着撞撞跌跌的关节

蔡李佛拳，安慰我的瘀血
用阳光开出药方
推拿人的胆怯，和红肿

师傅的皱纹很深，眼窝
装着消炎的目光
反复端详我身上的轻重缓急
像家乡的一脉清泉

等候很久的月光
轻轻扑在一伏
修复悲喜交集的身躯

窗外，大地遗落的伤

正在排队，叫号
我被仁者准确挑出

人群里，还有多少奔波之苦
需要功夫来拉伸，按压与推拿

注：蔡李佛第二代传人、鸿胜馆宗师张炎，曾在广西八排山闸建寺拜青草和尚为师，苦练武术的同时兼修跌打医术。于咸丰元年（1851 年）在佛山创立鸿胜馆，发扬功夫跌打技艺，悬壶济世。鸿胜馆的跌打医术、膏、丹、丸、散、药油、药酒，经一百六十多年实践，形成了自己的体系，其功夫推拿手法更是融合了传统医术和蔡李佛拳术的精髓，功效显著，享誉海内外。现为佛山市级非遗保护项目，保护单位是佛山市鸿胜堂生物科技有限公司。

佛山少林南家拳

以半个铜钱说话，同门的暗语
被佛山的药酒泡软

秘德禅师在白云山弥勒寺
传授梁细苏。学习武功
跌打医术，给世人疗伤
悬壶济世的出处是低度的酒

两仪图是一粒奔跑的丹药
用祖训炼制
只要用山泉水送服，即可繁衍出
增大一倍的药力

南家拳在汾江河的旧地图上发酵
五谷杂粮密集的成语
像一坛被套路密封住的
花拳或者醉话

唱粤剧的鸟，在戏文中演风轮剑
摩拳擦掌
直到一句高腔剖开晚清瘦弱的云

时代的形影，诠释拳理和不离的关系
宗师梁细苏的口传拳论指出

“有形无影难收影，有影无形难擒形”

形与影的运用
在崖上说话，俗世像鸟一样飞翔

出手定要分出生死力
像水中掘金。洞穴
包含了浮与实、刚与柔
张与弛、快与慢

佛山南家拳身着跌打酒裁出的练武服
在江湖的词根上流浪
“清”可明理，“静”能生智，“定”则从容

南家拳，以拳头作纽带
渡过河的功夫，赤身
气沉丹田
从此，抖落一句淡淡的广府语

这时，雨落得越来越密
仿佛天上隐藏着无数拳头

注：少林南家拳清代中期传入广东，第三代宗师为隐居于广州白云山弥勒寺的秘德禅师。清末民初，第四代传人梁细苏将南家拳拳械技法和跌打医术带出佛寺之外，尤以十形拳、花拳闻名广东，历经百余年的传承，其门人以佛山、顺德、西樵为主要中心，遍布岭南及海外。现为佛山市级非遗保护项目，保护单位是佛山市武术协会。

蔡李佛拳

穿着文化衫的蔡李佛拳
站在鸿胜馆内
惟妙惟肖，解说
咸丰年间佛山的江湖故事

新会张炎，从崖门出发
练就蔡、李、佛三家拳术之长
糅合南北派拳法，立派
蔡李佛拳
那些年，在佛山开馆授拳技

他的拳路气势磅礴
长桥大马，偏身进退
劈掌、削掌，招打连环
攻防兼备，套路翩跹

勇猛的手、腿、掌法
稳健刚强
抵御外侮的强劲掌风
声声穿透历史的断喝
让敌人闻风丧胆，望而却步

这股凝聚佛山血性的
拳脚功夫，势如破竹

在忠孝仁义的儒家思想里
开合舒展，传承武德

时间的暴雨，左右开弓
锤击
一颗滚烫的赤子之心
打出保家卫国，匡扶正义的气概

我在有声有色的讲述里
感悟蔡李佛拳的
来龙去脉。这时候，有人
深入武者骨髓，探寻红色秘密
仿佛拳头里隐藏着茧花
暗含着一次又一次的磨炼

翻看拳术套路与初心
我致敬那些岁月里不可复制的星辰
他们用脊梁和拳头
无声地托起功夫之城
赤胆忠心的天空……

注：佛山鸿胜馆的蔡李佛拳是张炎（张鸿胜）于咸丰元年（1851 年）开馆传播的。蔡李佛拳历史悠久，源于中国最大的“反清复明”组织天地会；1994 年在香港举行的世界拳王大赛中，鸿胜蔡李佛拳手打败泰国冠军阿吻，开中国功夫打败泰拳王先河。佛山鸿胜馆蔡李佛拳自清代已走出国门，传遍世界五大洲，是世界上最流行的中华传统武术之一。现为广东省级非遗保护项目，保护单位是佛山鸿胜馆。

鹰爪拳

这个由翻子拳衍生出来的
凶猛拳派
经李佩弦、黄百祥传入佛山镇
落地生根，近百年了

黑夜是一面镜子吗
功夫里的
抓、打、擒、拿
沾衣号脉
分筋错骨的拳法
打出了南宋岳飞的气概

点穴闭气，闪展腾挪
时间的法度
在关节与穴位中克敌制胜
通灵的手指，归于无形

出手拳拳打，回手鹰爪抓
这一招半式的上下翻转
快速有力
让涉水的行程，站稳脚跟

此刻，我在鹰爪拳谱里流连
陡峭的秘笈
让我倒吸一口气
像情绪里生出锋利的诘问

注：佛山是南派武术发源地之一，更是南北武术荟萃之处。鹰爪拳发源于河北雄县，自二十世纪二十年代初传入佛山，在佛山传承近百年。鹰爪拳，又称鹰爪翻子拳、鹰手拳，是由翻子拳繁衍出来的一个拳术流派，相传创于南宋抗金名将岳飞。该拳种在佛山落地生根，训练造就出如苏宝朝、唐文五、蔡丽秋、黎日晴、区荣钜、潘炎流、曾根、曾坤等一批本地优秀的鹰爪拳传人。现为广东省级非遗保护项目，保护单位是佛山市武术协会。

佛山咏春拳

一个拳头，和
另一个拳头
有时，隔一座山
有时，隔着生死

黐手，像无形之龙
是手、腰、马、心、意、劲
的完美合一

快、准、狠的
技巧
蕴含着韧劲与智慧

那鼻青脸肿的屈辱史
见证，克敌制胜
和生死狙击的精准威力

面对过去，惊涛骇浪
以快打慢，借力打力
是佛山文化的底色
一招一式刻录爱国情怀

李小龙、叶问不惧强敌的
拳拳之心
让咏春

从佛山功夫走到世界舞台

以柔克刚的招式
铁骨铮铮
敲打着武林的苍穹

精妙拳法
披着国粹的衣衫奔跑
尚武崇德，精神
站成木人桩
一个强壮的惊叹号

注：咏春拳是南拳中一个具有独特风格且体系完备的拳种，出现于清朝中晚期。清代道光年间由红船弟子黄华宝、梁二娣传入佛山，梁赞师承此二人，进一步对咏春拳发扬光大。梁赞的传人经数代传承，遍布中国佛山、广州、鹤山、中山、香港等地，以及大洋洲、欧美及东南亚各国，名人辈出。1973 年以叶问为代表的传承体系在香港创办“国际咏春拳总会”，至今已在 60 多个国家和地区设立机构，分会达 4000 多个，门徒达数百万人。咏春拳成为世界上流行最广的武技之一，现为国家级非遗保护项目，保护单位是佛山市武术协会。

龙形拳

一个象形字，经林耀桂
热血撰写
融合客家拳及少林拳
始创出“龙形派”

民国时期，马乱兵荒
一脉传马齐，一脉传曾根
以意导引
让佛山镇握紧十指头

那年，马齐回乡
练习攻守合一
悄悄播下龙形的种子
成立东星和健身会
为水坑村强身健体

在老城区，曾根扎下马步
功夫，长出根须
从摩桥拳谱，培育出新芽
长成中山公园的茂林修竹

此时，路过南海大沥

杏花武馆正张开双臂，把龙气
传入广场和学校
时而沉肘落膊，时而气沉丹田

我抬头，发现天上的星云图
三尖相对
一些星光的轨迹，像天空的遗产

注：龙形拳是广东省的地方传统拳术之一，也是传统南派拳术。龙形拳源于清朝乾隆年间，为五梅所传，罗浮山华首寺主持大玉禅师是五梅的传人，林耀桂是大玉禅师的徒弟，外号“东江老虎”。曾根是林耀桂晚年在广州所收的弟子。佛山龙形拳传人曾根，1966 年来到佛山祖庙公园授徒传技，使龙形拳成为当时最热门的拳种。现为佛山市级非遗保护项目，保护单位是佛山市龙形拳协会。

佛山铸造

路过新安街，内心不间断地炙热
国公古庙，翻修的沧桑
渐渐熄火，冷却敲敲打打的历史

泥模岗，堆积的岁月越来越高
站稳脚跟的红模铸造技艺
铸出铁锅。神像。香炉。大炮
铸出铸犁街、铁砧街、铁门链街
铸出钟巷、针巷……
铸出了佛山炒铁行业协会

红模铸造工艺，已有二百年
佛山人独有的秘技，在高明复活
制成历史悠久的名牌

这时候，庞氏铁锅在炒制非遗项目
经过上、下模坯
合模、落模、烧红模，落铁……
数道工序，分娩的产品
多像大地写给人间的出生证

工匠铸出铁，伸向远处
有些站在虎门炮台

有些站在祖庙享受香火……

度数逐降的时间，在秋天
臃肿的铁水中倾出
雨水，已无法给锈迹消毒

一模一铸的老技艺
生锈成古镇的字粒

拖着长刀和铁链的江湖
在新安街的老戏台上走走停停
瘦成古庙里的一尊雕像

注：佛山是明清时期中国南方的冶铁业中心，明代佛山冶铁业分为炒铸七行，享誉海内外，除了生产大量的民用铁器外，还要承担大量军器和御用铁器的生产。特别是入清以来，佛山铸炮行业兴旺，鸦片战争爆发后，佛山成为一个铸炮的重要地方。在生产技术上，佛山创造了独有的“红模铸造法”，薄型铸件，金相组织十分均匀，表面光洁度极高，成品率百分之百。现为佛山市级非遗保护项目，保护单位是禅城区博物馆。

佛山砖雕

在祖庙。一块砖头镶嵌在年代的
空隙。吉祥磨损，如意在墙上喘气

一些人凭着对砖雕的热爱
伸手搂住线装的岭南
——那页散落石阶的阳光

那年，张汉泉跟陈昌师傅
学习施工技法。在墙面修修补补
雕琢出雨中残喘的湿气

时间像刮骨的刀刃
风被大地磨得比人心还锋利
柱头的装饰成了疤痕
烂在泥土里

远处，仿古的建筑
正在流水线上，生产历史

献计的青砖
用禅的苔藓与我耳语：
东华里的屋内，藏着禅意的粮草

砖头里肥硕的蝙蝠
被一个人用笔画发育和化妆
把工艺
伸进了《佛山忠义乡志》

张汉泉给砖头施月光的肥料
一条东平河的经历恰到好处

注：佛山砖雕，是岭南地区民间砖雕艺术组成部分之一，有着悠久的历史。现存祖庙博物馆内的砖雕牌坊，是明正德十六年（1521年）郡马梁祠牌坊，所用刀法流畅生动，表达细致，反映了明代佛山砖雕已达到很高的制作水平。到清代，佛山砖雕更传承了岭南地区民间砖雕的优秀传统与技艺，其主要特点是雕刻细腻，主次分明，构图简练，多用浮雕、透雕和圆雕，装饰性强。现为市级非遗保护项目，保护单位是佛山市禅城区博物馆。

佛山酱油

夜露似珍珠，于瓦缸而做
胆外，欲进又止
换过户籍的黄豆，制曲、发酵
断断续续，抖落我怀揣的菌群

《周礼·天官冢宰》里的豉味
被日光生晒三千年，酿造出
西南清澈红润的绝句
被美食家拆散，论斤两卖

2015年
吴荣开在旺角渔村
拜骆安成为师，酿造
酱香的
广式非物质文化遗产

有人，在手信店
叫卖头抽，情浓处
价高且抢手
比河鲜生猛
食客循味而至

我在诗句的调味料中，拼鲜甜

置咸香而不腻
给虚伪的防腐剂，搭几句标签
贴于玻璃瓶上，保质保量

从西南酱园到海天酱园……
提鲜的时间
按日夜温差兑水，兑经验
按平仄吟诗，不押韵的我
立在西江和北江之间
长成黄豆。酿成挂杯的头抽

注：清代乾隆年间，佛山第一间酱园——茂隆酱园开业，至民国时期，酱园作坊达 40 余家。规模较大的海天酱园创建于二十世纪三十年代中期。1955 年，组建了公私合营的佛山市海天酱油厂，标志着佛山酱料行业进入一个崭新的历史时期。海天酱料一向以天然酿造为优势，具有独特的色泽和香气，被誉为“中国的味王”，远销 100 多个国家和地区。现为佛山市级非遗保护项目，保护单位是佛山市海天调味食品有限公司。

佛山饼印

清代乾隆年间的月饼
早已被古人吃光

佛山饼印
这块旧木板，还在相信
中秋之外别有洞天

杨师傅雕琢的非遗项目
已有五十载，兴盛与式微
都是一种朴素的普通生活

凿牙、铲底、雕花……
在刻刀和槌子的一敲一凿中
凹凸有致
饼印，就从他的手中诞生

年轮。敲敲打打
蕴藏饼食文化的瑰宝
转身，却
进入了漫长的沉默史

现在，它呈现美的侧面
哪怕残损，破旧

注：佛山饼印在清代乾隆年间已有明确的记载。清末民初，佛山已出现“饼印行”行会组织。佛山饼印以中秋月饼模为大宗，规格有“行庄”和“加头”，还有色饼印，如杏仁饼、佛公饼、猪仔饼、孑孑金钱饼、炒米饼等，形状各异、规格不一。佛山木雕饼印销往珠三角一带，出口主要销往南洋等地。佛山饼印有一定的内容和形式，题材有人物、动物和花卉图案，配以文字。现为市级非遗保护项目，保护单位是禅城区博物馆。

大江龙舟习俗

大江源远流长的端午习俗
被天地收藏
龙舟赛承接了天问的重量

他们用龙舟水，洗涤褶皱
唱一个民族生生不息的歌

那条从清朝请出来的彩龙
和阳光一起
勾勒出冯村和节日的曲线

奋楫争先的呐喊，扑进
张槎，情意的浪中
惊醒了粽子
食色之间，悲欣的两岸

龙头的眼神会说一种方言
不再赘述习俗的情节
张扬的罗伞只是故事的装饰

我为倾听大江锣鼓的抒情
一直为浪漫命名

像江面的浪花，龙舟词根上
的线索……

注：大江冯氏建村八百多年，地处丰富的水系之中，河涌纵横遍布。交通运输，全靠木质小艇，人人都是水上蛟龙。“五月初五去大江看龙船”，早已传遍周边地区。相传大江冯氏划龙船的历史，至少有一百多年了。随着当地经济的日益繁荣，端午节划龙船活动越加受到人们重视，活动规模越发庞大，影响也越来越大。近年来，三次到汾江河表演及比赛，2009年到广州珠江参加“广州国际龙舟邀请赛”，并获一等奖。现为佛山市级非遗保护项目，保护单位是张槎大江村委会。

赛龙舟

端午节，装满雷声的大鼓
已酝酿好情绪
广东音乐在树杈上单曲循环
播放着《赛龙夺锦》

沉睡一年的河涌和歌标
被龙舟水唤醒
龙头在心中，龙尾在堤围
至于龙眼，安装在节日
的太阳里
俯视一条条河流

吉时的桨板，划开水。赛事的
锣鼓声、鞭炮声、呐喊声
你追我赶，万人助威
在佛山。在东平河。在水一方

龙船饭、玉冰烧，端上来
河面滚烫，而水底
恢复了往日的暗涌和凉意
月光镀亮了醉酒的锦旗

此刻，半块铜锣，挂上夜空
分娩着一朵浪花翻滚的绝句

注：佛山民间赛龙舟，文献最早记载了四百多年前的情景，因当地水道河段大多符合龙舟竞渡“江身之不大不小，其水直而不湾环者”的要求，更因百越族把自己看成龙的化身，用典型的生产、交通工具衍生成祭祀娱乐的活动。赛制多样，有直道竞速、双向定距竞速等。另外，赛前、中、后都有一整套规范性的指引，有的带着较强烈的宗教色彩，更带有名誉色彩。

扒草艇

上善的湖涌，夜色干净
桑基鱼塘
开始练习奋勇争先的眼神

迎亲的花艇，已经跑远
把寂静和月光的碎语
梳理得很光滑
哼哼唧唧的水乡小调

运粮草或者渔猎的舟楫
从南庄的古籍涌出
长成湖涌掌纹，繁忙的水路

“上草艇，鸣花炮，齐划桨
出龙门，绕河涌。”
这里习俗的细节
犹如新月，适宜仰望和想象

扒草艇，穿过夹岸的树
和散落的光影
收桡的锣鼓声，浸在岁月聆听
多像一些人湿漉漉的生活

湖涌人，行走在奔流不息的
时代叙事之中
把水文化，拧成了一股绳子
拴住草艇轻快的脚步

注：草艇历来是佛山水乡南庄湖涌村的主要交通工具，在桑基鱼塘的年代，草艇被用来运输货物和渔获，成为村民重要的“揾食工具”，家家户户必有之。草艇赛源起清代，成为村民津津乐道的运动。草艇赛比龙舟赛更被村民广泛接受，因为扒草艇比扒龙舟更易普及。每逢端午等佳节，湖涌村必举办草艇赛，几乎全民参与。现为佛山市级非遗保护项目，保护单位是佛山市禅城区南庄镇湖涌村民委员会。

佛山刺绣

唐代苏鹗《杜阳杂编》的册页
用汉字，刺绣南海少女的威水史
卢眉娘，工巧无比
能于尺绢绣《法华经》七卷

唐宋年间。绣坊已生锈成传说
远处，晚清绣庄
被积雨云码成古画泊在汾江边
诉说岭南的民间特色

广绣或刺绣
一头连南海，一头穿顺德
万缕千丝的关系
挑刺的针法，有慢动作
从布里出来
把一个朝代手绘成万古愁

清瘦的雨，在嫁接古籍
针工细密，针步以短见长
图案结构均匀
色彩鲜艳，纹理分明……

我从一条针线善留的水路

寻找上架和下架的捷径
设计过的稿子
装饰着手信，断断续续的订单

线绣、绒绣、钉金绣或珠绣
在时间的阳光处，避重就轻

从一张拍卖的绣品中
我读出还乡的六个工序
和中箭的宋词
在东平河的琴音中疗伤

注：佛山刺绣，是广绣的重要组成部分，佛山的南海和顺德是广绣发源地，故又称“佛山广绣”。佛山刺绣，是佛山市非物质文化遗产，至唐代已闻名全国，唐代苏颚《杜阳杂编》中就已有南海少女卢眉娘“工巧无比，能于尺绢绣《法华经》七卷”的记载。佛山刺绣针法丰富，针工细密，针步以短见长；图案结构均匀，色彩鲜艳，花纹繁缛，纹理分明，善留水路，富于热闹欢快的气氛，具有强烈的装饰性，极具岭南民间艺术特色。常用刺绣技法有线绣、绒绣、钉金绣、珠绣等。

岭南书法艺术

那么多毛笔，变成文塔
站在古村，守望
一个个潦草的繁体字

在佛山。有一支狼毫
蘸取莲塘的墨汁
撰写《广艺舟双楫》

一些互相拆解的偏旁部首
善作擘窠大字
碑帖兼融，写出浑厚大气

在碑记深处，我读出岭南天地
苗条的笔画。古拙的技法
勒入祠堂、庙宇，近代史的显眼处

后视镜里的月亮和星星
像天空的一幅蝇头小楷

注：佛山历史上是中国天下四聚、四大名镇之一，是广府文化发源地、兴盛地以及传承地之一。其书法艺术十分繁荣，是岭南书法重镇，获得了“中国书法城”的美誉。明代的佛山书家梁储、霍韬、陈子壮、邝露等各体皆工。清代，岭南佛山书法更是名家辈出，黎简、谢兰生、吴荣光、朱次琦、李文田、康有为等为岭南书坛兴盛奠定了基础。佛山书法，历史悠久，书风独特，影响深远。现为佛山市级非遗保护项目，保护单位是佛山市书法家协会。

岛上萌芽的诗句

是九江双蒸酿制的影子

第二辑·南海潮

南海藤编

了解一条藤，有很多种方式
打藤节、洗藤、漂藤、染藤、晒藤
每道工序，都有生活的细节

藤刀，将藤条分解无数个片段
也将藤匠的故事一一剖开

一千年的编织历史
不停在他手中上下挥动
把柔韧削薄，再创作

指尖上的艺术，被染成五颜六色
在时光深处裁剪成朝贡之品

经一行，纬一行
翻腾出八千多个花色品种

这一段段章节
一进一出
在我记忆中翻山越岭

藤乡人无数的日子
将满目青翠
压成一把结实的藤条
堆满在生活的铺子里

一双灵活的巧手
耕耘纵横交错的阡陌中

极致的尤物
是藤匠脸上的皱纹编制

藤条不断生长的意境
与人的智慧结合
编织出新古典主义的舞蹈

慢慢踮起的脚尖
让藤乡的日子仰起了头

注：唐朝时南海人编织的藤席已是朝廷贡品。广州开放对外通商后，大量藤编包装的洋货进到广州，货物拆卸后，包装货物的藤料被遗路旁，“八乡”人周月庭（人称石岩慈菇），将洋藤料编成各种用具，后村民们随其做法，无论男女老少均学会织藤，“洋藤”随之普及。黄岐八乡也被誉为“藤乡”，并开拓了藤织家具的先河，藤编成为出口热门的手工艺品。现为广东省级非遗保护项目，保护单位是佛山市南海区大沥镇文化站以及南海区裕达家具有限公司。

南海竹编

在南海。竹墟的涟漪
从黎景生的手上松绑出来

篾条，像新一天的光线
理斋祖祠盛载的竹编史
小心翼翼
翻出雨帽湿漉漉的往事

广宁毛竹，流淌而至
有岁月多年的呜咽
汗水流经手掌，西江和北江

那年，西樵大仙诞
展位上的技艺
在编织一朵笑容
把艰难清空，遮拦疲惫

我附着一个竹编的词根上
像正在经历云游归来的雨

阳光照着锋利，潮湿的中山帽
暖融融的手艺
多像大地赐给我的一顶礼物……

注：南海竹编，昔日曾是与西樵缫丝、石湾陶瓷齐名的佛山主要手工业之一，鼎盛时期蜚声中外。其中，罗行竹手工编织技艺世代相传，明末清初，最为繁盛。南海西樵镇百西黎村一族，世代传承的竹织雨帽、竹织灯笼技艺，在南海竹编中颇具特色。现为佛山市级非遗保护项目，保护单位是佛山市南海区丹灶镇文化站、南海区西樵镇百西社区。

三山咸水歌

终年漂泊不定的歌声
从江身上
从出海口，剖开
让风收走

咸淡味道的方言
在水里吸入云朵和浪花
鱼虾越来越生猛
长成报纸上薄薄的休渔期

疍家的独唱或对歌
是一条江最鲜美的几滴水
押韵的日子
隔着人心的船篷
供岁月聆听

三山越来越重，凝作
一首渔歌
我在珠江和海水的辞典中
寻找词的韵味
细数晚唱的渔舟，消失的潮音

此刻
在江边品鱼，我看见一条江
已清蒸成彩虹
加入粤语和调味的宋词
直到把一首老歌烹熟

注：咸水歌是广东地区自古流传的一种方言渔歌，属于广东疍家（水上居民）特有的一种歌谣。主要流传于广东中山、番禺、珠海、南海、广州等地。三山咸水歌代代相传，已有几百年之久。咸水歌有独唱，但以对唱为多，对劳动、生活、爱情有感而发，随口而出。现为佛山市级非遗保护项目，属濒危项目，亟待保护，保护单位是佛山市南海区桂城文化站。

佛山十番

是谁手执钹冠
上下飞旋
擦拭茶基的节奏
敲打高分贝的喜悦

红绸舞动，十种乐器齐鸣

是谁用饱满激情
演绎古香古色
矫健身姿
舞动着金色的光芒

十番沉睡，有水乡的
孤寂。如今再次传来音律
潺潺流水替它说出心里话

有人执意坚守，姿势
在六百年的铿锵里
等待，我的抵达与归来

暮色在天空交班
一阵清风，抛光了秋色

月亮还在上升，像铜锣

大地沉寂。乐器
似有一番方言将要说出

注：十番音乐（佛山十番），即佛山十番锣鼓，起源于唐朝“凯旋乐”，明代盛行于江南，由安徽、江浙一带民间艺人传入佛山，距今已有600余年历史。其中飞钹是十番的一绝，每出秋色必有十番。现十番是国家级非遗保护项目，南海茶基村的“何广义堂”是传承比较完整的一脉。

乐安花灯会

明末清初。金花娘娘翘起兰花指
在乐安墟的
掌纹上，划出美好

此后，每年的正月初九
老街就挂满各式各样的如意吉祥
莲花灯、橘灯、鲤鱼灯和八角灯

十万善男信女，像春潮
涌来赏灯，行灯地，买灯祈嗣

再到传说中的“生仔石”上
坐一坐，祈祷来年枝繁叶茂

花灯，将日子照出了光明
一盏盏生命之火
把三百多年的乐安花事，点燃

希望就在岁月的灯笼里
摇曳，久久不灭
讲述你我在俗世间的幽暗
或者明媚

注：乐安花灯会始于明洪武三年（1370 年）正月十五“庆灯”的习俗。逢正月初十“开灯”，人们纷纷来乐安买灯，慢慢形成灯市。到了清代的康、雍、乾年间，花灯更为兴旺，出现万人空巷看花灯的欢乐场面。灯会活动中，坐石得子传为佳话，该石被称为“生仔石”，坐“生仔石”成为了一个习俗风景。乐安花灯为全手工制作，有 3000 多个品种，其中莲花灯最受瞩目。乐安花灯会也是一种敬老的活动，花灯会挂起寿幛，摆好寿宴，筵开百席，尊老敬老。现为广东省级非遗保护项目，保护单位是佛山市南海区狮山镇文化站。

叠滘竞渡

在叠滘，端午节的河涌
像水上的高速公路
龙船在 S 形、C 形或 L 形赛道
上演激情澎湃

现场，喧天锣鼓
两岸的呐喊，此起彼伏

一艘艘弯道漂移的龙船
 如离弦之箭。巧避石磡
在节日的水面激起一道道欢乐

那是奋勇争先的龙舟精神
叠滘人五百年来的一种文化印记
更是岭南水乡的图腾

深谙水性的叠滘人
每条血管，都有江河奔涌的隐喻
神采飞扬的笑容
浸透着一个时代刚毅的光芒

随着声声擂鼓的密集而至

桨声，扒起一页页线装的叮咛

在一昂一合之中
叠滘向外传递入微的细节

注：叠滘龙船一般长约 25 米，头尾各设三个舵师座位，可载 50 多人。每年端午期间，叠滘会举行为期 4 天的龙船弯道竞速赛。由于独特的自然地理环境，和全国包括广东在内的龙船在宽阔、笔直的河道进行比赛不同，叠滘是在狭隘弯曲的赛道中比试速度和技巧，并在弯道处上演号称国内唯一的龙舟“漂移”大战，堪称技术与力量的完美结合。现为佛山市级非遗保护项目，保护单位是佛山市南海区桂城街道叠北社区居民委员会。

醒 狮

咚咚咚咚锵，咚咚锵
节庆活动，在锣鼓喧天的包围中

一头狮子
在场上腾挪步法
采摘掌声
和非物质文化遗产的“青”

没有表演的时候
它们蹲着
或者挂在人的思念之中

此刻，瑞兽
合上嘴巴，寂静又孤单
等待日子一一叫醒

注：醒狮是融舞蹈、武术、音乐等为一体的民间舞蹈，脱胎于唐代宫廷狮子舞，五代十国后随中原移民南迁，大量吸收本地戏曲和武术的元素。通过舞狮头、舞狮尾二人合作，由武术、舞蹈、敲击乐配合完成。每逢节庆，佛山必舞醒狮，历代相传。后随侨民传到国外，成为连接海外同胞的文化桥梁。现为国家级非遗保护项目，保护单位为佛山市南海区博物馆。

九江传统龙舟

儒林乡里，对朱九江的景仰
转化为呐喊的长短句
抱团成一条九江龙
复古破排角湿漉漉的往事

端午时节
九江的河涌
击鼓呐喊，轰隆隆一片

盛装的节日，心如离弦之箭
三百岁的龙王，老当益壮
生长的气息，有千军万马的嘶鸣

九江龙舟，多像
一集有关侨乡龙魂的故事

朴实农民，从田间扒到国际舞台
扒出一个个耀眼的勋章

高高低低的吆喝声
喊出的精气神
凝聚着海内外乡亲的纽带

龙舟竞渡，一排跳跃的音符
在天地间舒展
每一处都是鲜活的清明上河图

我从吴家大院非遗展馆
读出古老的江边帖
读懂了儒林湾的春华秋实

九江龙，像一条针线
缝合着宽大的人间……

注：南海九江扒龙舟最早是为纪念诗人屈原，清代开始盛行，遍布各个村落。其中年纪最大的龙舟下西村“翘南林溪”，已有300多年的历史，沙咀龙皇、大谷老龙等也已超过200年。每年，村民扒完龙舟后即将龙船沉埋于村边河底，以防腐蚀。翌年农历四月初八拜祭后，将龙船挖出，称“出水龙”。九江传统龙舟的活动可分三类，即游龙、赛龙和彩龙（又叫艳龙）。九江赛龙舟现为广东省级非遗保护项目，保护单位是佛山市南海区九江镇文化站。

大仙诞庙会

这场吕祖巡游的民俗活动
热闹，已有六百年
天上的铁拐李、汉钟离、张果老
曹国舅、蓝采和、韩湘子、何仙姑
腾云驾雾而来，齐贺吕祖寿诞

我在浩浩荡荡的巡游队伍里
将大仙诞的故事
解读成马鞍岗的一块仙床石

农历四月十四，梵音漫天飘逸
如西樵山上的一株仙草
在吕祖藏风聚气的灵石处，发芽
聆听风声，岭南的春天

一些蛰伏在时光的景致
已积存多年
仙气飘飘的白云洞，香火缭绕
那舞龙舞狮的姿势，八仙过海的胆识
正在演绎
佛山非物质文化的魅力

注：每年农历四月十四日是西樵有着几百年历史的传统节日大仙诞。大仙就是八仙之一的吕洞宾。几百年前吕洞宾曾于白云洞修炼，留下了许多仙迹。每到农历四月十四日，超过10万人从四面八方赶到西樵山赴墟，都要到白云洞参拜大仙，祈求国泰民安、风调雨顺，慢慢地演变成了传统节日。每到大仙诞，香火与白云齐起，经韵与泉声共鸣，喧嚣熙攘，数里闻声，形成了诞前三日诞后三日的兴旺景象，被称为南粤一大奇观。现为广东省级非遗保护项目，保护单位是佛山市南海区西樵镇文化站。

黄岐龙母诞

从西江顺流而至的龙母像
在我梦中，千回百转
绕成河流连绵不断的传说

那年，拆除的龙母庙
鱼化龙。潜入黄竹岐的深水区
涟漪浮动着月光的鳞片

明朝万历年间的秘密
还在搁浅处，续写年轮
五月初八的香火
有岸线那么长，贴在地图上
曲延向南，串通
珠江水系
拴住一些埗头和祸福

经过岐阳古道，金木水火土
来贺诞，拜祭龙母
沿路爆竹声声、锣鼓喧天

五龙子，诚心上香、奠酒
排成一字形，三跪九叩

恭恭敬敬叩拜龙母
像一出民间的复古大戏

我在江边收拾历史的浪花
五龙子，早已踏浪去了
两岸景色隐含着世俗人情

祈福语，有虚有实
美好的事物恰似一江碧波
沉淀着古老的水系遗产
也许，济苍生未必显现
真善美却温然存在

注：黄岐龙母古庙位于佛山市南海区大沥镇的黄岐公园内，整体建筑合称为“龙母胜迹”。据传黄岐龙母诞源于明朝万历年间，每年农历五月初一至初八，一连数日龙母古庙香烟缭绕，爆竹声声，岸上醒狮起舞，水上龙舟竞渡，还有连台大戏（粤剧）演出，前来贺诞的各界人士络绎不绝，其辐射面遍及广佛等珠江三角洲、港澳地区。现为佛山市级非遗保护项目，保护单位是佛山市南海区黄岐龙母文化协会。

赤山跳火光习俗

正月十五。一匹燠热的晚风
扶摇直上，吹向

赤山村，复古的情节
跳跃无形的力量
悄声抵御那些昼伏夜出之物
那是开村始祖积下的福气

人们把元宵聚拢成火堆
一个个人
勇敢跳过去，保持警惕

村庄用火光说话
说出公元 1350 年的赤艳
说将军第，原为生祠
说出大会场紧闭的红色秘密

被风吹醒的逗号
把欢乐递给歇在请柬上的
鞋印。一粒复燃的台词
散落在空地上
成为赤山的希望之光

一群意犹未尽的星星
在春风里
默念着小康词典的美好

注：相传，明清时期，佛山南海赤山当地村民为祈求老天爷消灾保佑平安，燃烧稻秆堆祛除邪毒，祈求风调雨顺，久而久之就形成了跳火光的习俗。每年农历正月十五元宵节，又称上元节，在里水赤山村，家家户户灯笼高挂，舞狮巡礼，村中上下大摆筵席，敲锣打鼓，在堆起的稻秆堆上，点燃起熊熊火光。之后村民穿来穿去，一个接一个勇敢地跳过火堆。整个村的大街小巷欢呼雀跃，一直狂欢到次日凌晨三四点。现为佛山市级非遗保护项目，保护单位是佛山市南海区里水镇文化站。

丹灶葛洪炼丹传说

洗药井，洗了好多个春秋
低处的流水
还在叙述葛仙翁炼丹的传说

所有的水都在见证
一只东晋的石钵
成为葛仙祠中沉甸甸的遗产

昔日，炼丹的金峰岗
黎明与黄昏燃烧在一起
炼成一块化学元素表
迟迟长不出救世的仙草

依山长出的楼盘
用钢铁的牙
咬住历史遗留的灶
在时间的耐药性中，永生

远处，仙岗烟火袅袅
仿佛铆在夜空中的火星
或者萤火虫
散装的云朵，旧成

《抱朴子》里枯瘦的笔画

鲍姑在虚拟的灯光下点火
沧海桑田，一退再退
直到走入一卷《神仙传·麻姑》的封底

风一吹
沙粒们成为了仙丹的种子
击中已经瘫痪的大地

注：葛洪，晋代道教仙师，广泛从事采药、制药的活动。他的著作流传到现在的主要有《抱朴子》和《肘后备急方》，影响深远。他云游至仙岗，见浓荫之下有一佳泉（今仙岗村流水井），可以炼丹，于是从仙岗取仙水，在“金峰岗”顶燃起熊熊炉火，经几载煎熬，遂大功告成。“金峰岗”随之成为炼丹圣地。1579年，明神宗皇帝把环抱“金峰岗”的村取名为“丹灶”。现为佛山市级非遗保护项目，保护单位是佛山市南海区丹灶镇文化站。

松塘烧番塔

松塘养着一枚月亮
是的，那是一枚唐朝明月
已看不清沧桑的脸

月池像镜子，吃着大饼
先祖的家训
倒映出勒入石头的光芒

远处，山冈的黑逐渐加重
村民在等待秋风
把高大的传说点着，或者洗白

天色渐暗。我走出月光的巷陌
一束火星从头顶飞过
乡愁滚烫，从番塔的眼眶涌出

涌向皱纹的石径
节日的高潮
是一把燃烧的辞
被火红围绕
装扮中秋和眷恋的土地

注：在中秋节的夜晚烧番塔，是佛山市南海区西樵镇松塘村一项民间文化习俗。相传该民俗源于汉人反抗元朝残暴统治的起义信号，据说起义刚好在八月十五月圆之夜举行。为纪念起义，“烧番塔”习俗承传至今。番塔砌筑讲究传统技艺，从搬砖砌作、燃烧采运到添柴加料，村民各尽其能，分工合作，围观者呐喊助威、欢呼雀跃，群情激越。现为佛山市级非遗保护项目，保护单位是佛山市南海区西樵松塘翰林文化协会。

仙岗烧番塔

葛仙翁还在沧海桑田上炼丹
发出中草药的追问。那年
遗下的三粒火种，断断续续
被村民当做节日的药引

时间浓密的火星，升起

落日是烧番塔的讯号
抬头看看，镬耳屋顶的月光
它有一张慈祥的脸

村民砌筑图腾，高高耸起
番塔，像水边倒挂的惊叹号

柴草、木糠、粗盐和愿望
塞入中秋的嘴巴
焰火蹿出，金黄色的绒毛……

当我赶到牌坊，村史馆的光
刻录在记忆深处
只是我已不能回答一匹秋风

此时，我在张灯结彩的蟹眼泉
清洗乡愁

注：中秋“烧番塔”是佛山市南海区丹灶镇仙岗村传统庆祝活动，已有数百年历史。传统番塔是用砖砄按圆锥形砌成。“烧番塔”开始前，先在塔内填满茵草、木糠等燃烧辅助材料。燃烧时由几个年轻人不断搅动塔内燃烧的辅料，使火焰夹带星火向上升，最高可达百米，场景十分壮观，寓意来年丰收、吉祥。现为市级非遗保护项目，保护单位是佛山市南海区丹灶镇文化站。

盐步老龙礼俗

盐步老龙与泮塘小龙
结下恩情
已有五百九十年
这一上契
隐藏在河涌，像一个叹号

每到端午时节
老龙带着三河乡亲的情义
到广州泮塘探望“契仔”

锣鼓声、鞭炮声响成一片风景

次日，泮塘龙船携醒狮艇
又是兴高采烈回访“契爷”

一艘老龙，满载故事
那是祖辈留下来的不朽著作

藏在泮塘景和锦龙盛会的歌标里
那是盐步老龙礼俗的源头

岸旁，芦苇和柳丝
正摇曳着

古典情谊，和净朗的词

那些尊老孝义、诚实守信的祖训
在邵钜熙这本活字典里悠悠荡漾

字里行间，抒情的符号
于桡声摇摆的岁月聆听
韵脚，平平仄仄。

注：盐步、泮塘均有当时名扬南海县的龙舟快船。明万历年间有次大型比赛结束后，因双方多次谦让冠军不果，后决定结契和解。泮塘甘为“契仔”，盐步老龙被推为“契爷”，并举行了隆重的结拜仪式。此后，每岁农历五月初五，“契爷”盐步老龙先到广州探望“契仔”泮塘龙船；次日，“契仔”也须到盐步回访“契爷”。由此逐步形成了以老龙为尊，结伴戏水三遍、龙船宴款待亲朋、离境水道三送三别等宝贵礼俗，流传至今达400多年。现为省级非遗保护项目，保护单位是南海区大沥镇盐步社区居民委员会。

祠堂祭祖

——平地黄氏冬祭

明朝的祠堂，有些老了
平地黄，集腋成裘
把漏水的朝代
重修成省级文物保护单位

《平地村志》里，冬至
大过年。当天，集体拜祭祖先
读祭文、醒狮表演……
像一片水域寻找到细微的源头

由黄汉威主持的平地黄氏冬祭
让一些常年在外奔波的人
回乡省亲，缅怀崇始堂里
从南宋末年赶来的始祖黄适中

那时阳光正从水面合围过来
中午的“九大簋”
已摆上台面，收割笑语欢声

太公分猪肉

已经热闹好多年
习俗有些老土
吃上一口
却让你记住浓浓的乡愁

在平地。黄氏大宗祠的冬至祭文
有太多暮色，需要挥手告别
需要风卷起祖训，再平稳地落下来

注：每年农历冬至是南海大沥平地黄氏祠堂冬祭仪式拜祭日。黄氏延续了数百年的冬祭从未间断。“冬祭”就是拜祭祖先，弘扬孝德文化 。传统冬祭仪式是本村六十岁以上男丁（现文明社会，女性也可参加）穿着古式礼服，在大祠堂（崇始堂）拜祭先祖，同时全村男丁分猪肉（太公分猪肉）。仪式上，由德高望重之长者宣读祭文，主持拜祭仪式。现为市级非遗保护项目，保护单位是佛山市南海区大沥镇平地社区居民委员会。

官窑生菜会

通往凤山古庙的路
人潮涌动
借库、还库的信徒
提着一篮碧绿
将贡品举上头顶

端坐殿上的菩萨
不断向前来的人派发惊喜
簇新的诵文
写着美好祝福

这一场葱郁的生菜盛会
将官窑街道围得水泄不通
苍老的佛光，洒向大地，一串串
密码

被拦下来的一把春风
悄悄地
给家当加上一份意外保险

一群人
拿着菩提的叶子

在泛青的喜悦里，席地而坐

从一卷生菜包
掏出蚬肉、茨菇、粉丝的馅料
掏出一代又一代的
枝繁叶茂

注：官窑生菜会有600年历史。每年正月二十六日为观音开库之日，信众赶往观音庙借库或还库，民间有吃生菜包的传统，逐渐形成了生菜会的习俗。生菜会的重头戏是游神和抢花炮。村民抬着“天后”“观音”“北帝”“财神”等菩萨像出游，村民跪拜。正月二十七日烧神炮，神炮大如竹筒，腰间系铜圈，炮响圈飞，直冲云霄，抢炮者争抢铜圈，以抢得闰三炮为贵，故又名“丁财炮”。现为省级非遗保护项目，保护单位是南海区狮山镇文化站。

北村生菜会

线装的祝福，慢慢长出
白发和皱纹。散落消瘦的珠水

纸上的正月，越撕越少了
北村生菜会
等待一个好日子前来丰润

观音庙的香火，续续断断
借库的信众
从云里雾里，摸出一串惊喜

正月廿六，胜意饭
喂饱了一路春风
一块生菜，包裹着

一团美好。时令的滋味

此时，夕阳醉了
我在等待一壶习俗勾兑的酒
温暖北村水闸的胃

注：佛山南海大沥镇六联社区每年正月举办的北村生菜会，是一种古老而独特的传统民俗活动，有“生菜会大过年”的说法。据说北村生菜会起源于明朝。生菜会是在每年的正月廿六观音开库日举行，这天，信众前来“借库”，次年开库日之前“还库”。每年正月廿六零时起，村民开始在水月宫参拜观音祈福许愿。信众参拜后，与亲朋好友食“生菜包”是必不可少的活动，醒狮、舞龙表演、看大戏，生菜会圩也是生菜会的重要内容。现为市级非遗保护项目，保护单位是佛山市南海区大沥镇六联社区居民委员会。

九江传统鱼花生产习俗

在江水连绵的湾区，设下鱼埠
装捕从五百年前游来的桃花汛

一介五，二介十，三介五……
天空透明的数字
游入《广东新语》丰厚的方言

筛出，一船渔歌

一位身披蓑衣的长者
把所有光线放进西江的眼眶
撇出清净的源头和鱼的脚印

在九江。被风吹倒的草
开始潮湿起来
海寿岛养着一群闪电的种子

梦里，有人正在贩卖桑园围的雨
那是西江播种出来的月光和鱼花

注：九江传统鱼花技艺发展至今已有五百多年的历史。九江的撇花和数鱼花、鱼花运输等技艺堪称“绝活”。所谓“撇花”就是根据四大家鱼和其他杂鱼在密集缺氧的状态下，各自浮头的特点，创造出的一套“分类”技术。“数鱼花”，也叫“开则”，用不同的器具和方法点算。传统增氧式鱼花运输也是一绝。九江人凭借传统鱼花技艺，使九江鱼花在全国赢得了很高的知名度和影响力。现为市级非遗保护项目，保护单位是佛山市南海区九江镇文化站。

九江灯谜

儒林之乡
贴在花灯上好多年了
一些伪装的词
却，越来越黯淡

直至
把节日张贴在绳子上
彩色的纸条
像世间传经布道的谜

那一年，民国的报纸
登出谜面
叫：老人院
谜底，刚好
隔着一张薄薄的地名

九江水多，暴涨
的行情
没有打乱谜语协会的水情
百年历史，愈见清澈

当民间文学化身吴家大院的

大树，风吹来的枝叶是九江方言

当两棵树交谈，会在屋檐下
写下谜面，结出果实
当一棵树自言自语，它的感叹
像熟透的月亮，迟迟猜不出
谜底

注：南海九江素有“儒林之乡”的美誉。1975年，九江灯谜爱好者就已成立灯谜小组，并在重要节日都坚持举办群众灯谜竞猜活动，一直延续不断。九江灯谜具有文学性、知识性、教育性、趣味性、群众性等特点，是群众喜闻乐见的文化活动，并具有浓郁的地方文化特色。现为市级非遗保护项目，保护单位是佛山市南海区九江儒林灯谜协会。

西樵大饼

明朝那些大饼，已过了保质期
方阁老厨房的动作
西樵山和岭南人能听到

时近黄昏，橘色的灯光
慢慢打开官山圩的地图
天园饼家，从清朝的崇南陈氏族谱
走出来，走向一团低筋面粉

陈绍钊告诉我，每个大饼里
都住着鸡蛋、白砂糖、生油、猪油、清水
和食品秘方，它能发酵出
时间与众不同的松软和香甜

在简单的制作细节
一揉一掰、压成饼坯、放入烤箱……
落山的日头，有淡淡的黄
撒上面粉的大饼，似被生活包了浆

抬头瞬间。月亮挂在我们头顶
像是来默默探望的人
或者远方来送喜讯的幸福使者

注：西樵大饼是南海西樵的传统美食，据说有200多年的历史。据考证，西樵大饼最早出自官山圩的天园饼家。西樵大饼外形圆大，大者有2斤，一般也重半斤，也有一两左右的小饼。它颜色白中微黄，不起焦，其特点是松软、香甜，入口松化。此饼只有用西樵山清泉才能制成，其它地方仿制，不及此味。现为市级非遗保护项目，保护单位是西樵文化站。

九江双蒸酒

一船陈年月色，泊在
九江双蒸的酒杯上
那是广府人，心中的月光曲
启封的米香，是 1821 年的初心典藏
酒香甘醇

西江水、大米，二次发酵，精酿而成
酒体醇和甘滑、细腻，低度而不淡泊
这些，都是它的个性

每当握着这份绵柔清冽
抚慰光滑的胃壁
总会留下一脉醉人的清雅

披着酒香的翰墨，思想很通透
那一饮而尽的豪迈
删繁就简
被酒精燃烧成一首诗
种在隔江的海寿岛

岛上萌芽的诗句
是九江双蒸酿制的影子

江面上，那些喊不住的江风
是粤酒披着万丈霞光的骑手

借着酒的浓度，词语的醉意
我瞬间吞下那二百年的秘制

迷离中，我站在辽阔的儒林湾
月光远航，渡口正喝着乡愁

注：九江双蒸酒的酿造技艺始于清道光初年，其酒因需要两次发酵、重蒸而得，故称“双蒸”，也被认定为豉香型白酒的典型代表。九江双蒸酒传统酿造技艺主要包括：饼丸制曲、蒸饭拌料、发酵蒸馏、斋酒酝浸、勾兑品评等，造就了九江双蒸玉洁冰清、豉香独特、醇和甘滑、余味爽净的典型风格。现为省级非遗保护项目，保护单位是广东省九江酒厂有限公司。

九江煎堆

圆圆的煎堆，有扁扁的祝福
那是我挥之不去的甜

由糯米粉、冰片糖、花生仁
爆米花、白芝麻、橘饼……
合制而成的手信
是一道指间流连的非遗功夫

随着嘴角咔嘣一声
积攒了一年的脆香，翻涌而出
那满满都是佛山的年味

邹便南的古老配方
带着连串手印，酝酿了日出
与日落。让九市十三墟
满庭芬芳，齿颊留香

时间发酵出来的年味
带着一镬油榨工艺，从破排角
吹来，仿佛在喊
一个失散多年的乡音

注：煎堆在唐朝已经非常盛行。民间把煎堆作为馈赠、款客和贺年、祭祀的供品，是家家户户春节的必备食品。光绪末年，广东南海九江乡人邹便南，潜心研究煎堆制法，改进了煎堆的形状和配方，使之容易入口，酥化爽口，并开设了名为“邹广珍”牌号的煎堆店，不断改进工艺及创新品种，九江酥皮大煎堆由此驰名远近，并与九江双蒸、鱼花一道被誉为“九江三件宝”。现为省级非遗保护项目，保护单位是南海区九江镇文化站。

唢呐制作

阳光挤过几缕枯枝
均匀地洒在落叶
和非遗项目的申请表上

放置多年的木头
是造物者
赐予我们南音的惊叹

时间对每一根木料的密度
油性、纹理会进行分析
一些人，通过对年轮的认识
去判断
会用几把合适的刀来开膛
或破肚。用几道不同型号的
砂纸，去打磨
音准和音色的内膛

唢呐工匠
通过拿刀的手
去感受锋利与木头
产生的摩擦

在平洲。我手抚林氏唢呐
凹凸纹理
藏着跌宕起伏的光芒
透过黄铜岁月
我看见洞口下着一场雨
淅沥沥
吹响春回大地的古老序曲

此时，它挂在房子的角落
安静而沉稳
像一枚时代更迭交替的音符

注：唢呐又名喇叭，是中国传统双簧木管乐器。唢呐发音开朗豪放，高亢嘹亮，刚中有柔，柔中有刚，广泛应用于民间的婚、丧、嫁、娶、礼、乐、典、祭及秧歌会等仪。南海区桂城平洲平北联发五金工艺厂制作唢呐已有百年历史，传承已有四代，代代父子相传，得到专业名家的好评。现为市级非遗保护项目，保护单位是佛山市南海区桂城平洲平北联发五金工艺厂。

广式家具

日子翻着翻着就遇见了红色的
年轮，截取一小段意境
雕刻成广式家具，诗中的幽微

沉醉于榫卯之间
传承技艺
梁沛根，拜杨虾为师
专注木雕一辈子

在平洲，遇见画图老者
他告诉我
这是写给星辰的诗句
他要让徒弟，从木头中
取出落入人间的命相

设计、开料、雕刻、打磨、上漆
每一个流程都需要花时间
与实木对话
如果你技艺高超，就可以唤醒
树木内部的光

木匠像个法师

他的法术，会在手上显现
让你隔着板壁
也能聆听花鸟鱼虫
和世间美好的呓语

注：清代的广东家具是中国传统家具三大流派之一，继承了中国优秀家具传统的同时，大胆吸收西方豪华、高雅的家具形式，从传统、纯真、简练和实用性较强的风格转变为追求富丽、豪华和精致的雕饰，形成了具有鲜明岭南文化风格和时代特征的“广式家具”。现为市级非遗保护项目，保护单位是佛山市南海区平洲中南木雕工艺厂。

平洲玉器

纪录片里的梁林记大宝号
还在民国的长寿路解读原料
夕阳的一槌鼓音
让人间读懂了石头的内涵

年迈的润心祥大宝号
翻新成玉耳扣，在风中诵经
诵成祖铺
遗下的一句祝福词

传承手艺的人，时间上开料
量画镯圈。去除瑕疵
留下原石的质地雕刻，打磨
抛光成非遗项目
一块沉甸甸的活招牌

建筑。在导赏图上生长
展览玉文化
和一些包装精美的慈悲
寓意深远的属相

此时，一只墩头

悄悄吸出加工厂的内胚
晾在说明书的句号里
诉说变薄的广府口音

我在竹青的绿意中
打捞出
一枚隶书的“平洲工”
透出玉的温润
石的苍凉
仿佛写给人世间的
甘甜与苦涩

注：平洲素有“玉镯之乡”的美誉。平洲传统手工玉器技艺起源于清朝末期，民国时期平洲籍的玉器人就占据了广州长寿路玉器圩的半壁江山。1916 年起，“江表梁”家族将传统玉雕技艺从广州带回平洲平东老家，现至少传承了 5 代人。平洲已经成为全国翡翠玉石产业链最完善的文化产业基地。平洲传统手工玉器技艺现为市级非遗保护项目，保护单位是佛山市平洲玉文化传播有限公司。

金箔锻造

揣着一颗滚烫的心，将祖传
的手艺烧红。经配比
熔金、淋帖、拉薄、打帖……
十多道工序
敲打出，一块金灿灿的招牌

在罗村。吴氏父子
挥动手中的锤，砸出命运里的汗水
将坚硬的生活变成
薄如蝉翼的金箔

0.12 毫米的厚度
见证了千锤百炼的精神
隔着一层富贵与贫穷

我在思想的烈焰里
触摸到古老的修辞和隐秘
折射出来的光
薄薄的
贴在木头或者佛的脸上

注：明清时期，金箔业非常发达。佛山金箔行出品有青、赤两种金箔。金箔锻造以真金打制，隔以乌纸，锤击成箔，薄如蝉翼，有久不褪色的特点。清光绪时期，是广东“四箔”（金箔、银箔、铜箔、锡箔）的鼎盛期，慈禧重建颐和园，所需金箔亦派钦差大臣到广东督办。改革开放后，佛山金箔行老铺“昌盛号”的老艺人吴宝光，在家乡南海罗村开办联和金箔厂，家族式经营至今，使金箔锻造技艺得以传承。现为省级非遗保护项目，保护单位是南海区狮山镇文化站。

南海灰塑

站在唐朝的屋顶好多年了
直至，冰消雪融
走入民间，重获灰塑匠的灵感

钟声回到清朝，祠堂和镬耳屋
回到联表村，小小的一把灰刀上
我没有追问，历经风雨的石灰

南海大地，到底做了些什么
让岭南建筑获得如此浩荡
的赏赐。打草稿的谐音典故

在墙体上扎骨架，有人
悄悄打开陶缸，配置灰浆
发酵一个个上墙面的情节

一些草根、纸根和色灰，平分
昼夜，也分出了人的呼吸
毛笔上色，让草木换上黄袍袈裟

抬头之间，一朵云彩
落座村边的寺

那时，砖头、灰塑和神仙
多像一家人

注：灰塑是一种传统的装饰艺术，岭南地区明清两代开始盛行，至今已有500多年的历史，是具有浓厚岭南地域特色的传统工艺。灰塑作为岭南建筑美化装饰，主要用于门额窗框、山墙顶端、屋檐瓦脊、亭台牌坊等。装饰绘画内容题材丰富多彩，涉及神话故事、民间传说等。南海灰塑工艺以联表村关氏家族传承最具代表性。现为市级非遗保护项目，保护单位是南海区狮山镇文化站。

白眉拳

祖师爷在峨眉山练成白眉的积雨云
辽阔，密集的雨点，也是一种凶猛

在佛山，听说也有拳头的舍身崖
武术的境界，都是江湖猛烈的动词

北沙白眉拳武馆，隐身鹤暖岗
黄氏祠堂内。一些人闭门练功
跌跌撞撞的身影
把多余的恻隐和慈悲
安放在麻奢小学的肉身和灵魂里

学过功夫的人，动作多变
体会着南北通透
反复重塑
一个汉族拳术存在的乌托邦

我在暮色中遇见陌生的场景
手眼身法步……
柔韧悄悄从我身上挣脱而去

忠义仁勇的精神

对万物有清晰的表达
黑暗是一种怜悯
光则在我们的一招一式之中
穿越陡峭的人间

江湖已远，白眉拳
像一种古老的暗喻

注：白眉拳相传于清代乾隆年间由四川峨眉山白眉道长所创。1911年，张礼泉参加广州“黄花岗起义”，起义失败后，他在广州设馆授徒，白眉拳得以在岭南流传。白眉拳特点是短小精悍，攻防同体，直取横破。二十世纪六十年代中期，白眉拳由张礼泉传人仇太生、刘少良传入佛山，七十年代曾风靡一时。1998年，佛山精武体育会成立白眉拳研究活动中心。现为市级非遗保护项目，保护单位是南海区里水镇文化站。

南海洪拳

洪熙官与金山寺结缘
清朝的马步，稳扎稳打

时间的追杀
却和拳头开了一个玩笑
把羊城八景，之一
拆迁成历史的违章建筑

洪拳在南海散叶开枝
繁衍出
铁桥三、林福成、黄麒英、黄飞鸿、林世荣
……的脉络
直至，王冠艺师傅
用拳头打造成省级非遗项目

在一首《中国功夫》的歌曲里
我听见雄劲的歌词
哼哈声中，有人
“外练筋骨皮、内练一口气”

扎根民间武馆，洪拳生风
气势刚猛、劲道十足

往往用眼神打量世间上空的云朵

天上有龙、虎、狮、豹、蛇、鹤的
象形与特性
结合成武术技法，创编出
工字伏虎拳、铁线拳和虎鹤双形拳

在实战应用的套路里，我看见
一些人，对拳谱弯下腰身
双手像两个词相遇
他们或喜或悲，或善恶有报

注：洪家拳，俗称洪拳，发展至今已有300多年的历史，自清代传入南海，历经二百多年传承，流传较广的三套套路分别是：工字伏虎拳、铁线拳、虎鹤双形拳。南海历代有铁桥三（梁坤）（1813—1886）、黄麒英、黄飞鸿、林世荣（1861—1943）、颜殿雄等宗师，传人遍布世界各地。现为市级非遗保护项目，保护单位是佛山市南海区武术协会。

华岳心意六合八法拳

从上海到南海，吴翼翚的动词
发出雷声，传到黄佰祥的空间

黄佰祥的心意
在黄启泰的身上，外修形体
拳的套路
刚好打通了两个世纪

心意为先导，六合为体
八法为用
行气集神的时间
在沙头内练，化象模仿的佛山

骨劲内敛的人
站在伪装的广场，圆通策变
往来反复的拳脚功夫

顶悬虚空，隐现藏机
定静守虚的河涌
悄悄说着阴阳鱼的绵柔之力

神合于动的秘密，飘落

九江十三湾
古老的功力，多么令人安慰

长夜将尽
一枪虚晃的拳法，自卫反击
迫使一阵秋风停下

冬天，还未动身
拳谱上，这一脸疼痛的教训
是我命运荒凉的转折

注：华岳心意六合八法拳是内家拳术，是一个完整的拳种体系。此拳以心意为先导，六合为体，八法为用，拳学理论深奥，相传由北宋著名的道家学者、易学家和内丹家陈抟所创。拳术在岭南的传播，始自南海梁子鹏先生及黄佰祥。黄佰祥成为华岳心意六合八法拳南传广东佛山、南海的第一人。黄佰祥学艺于上海精武门，传艺60多年，拳术修为极高。此拳种现为市级非遗保护项目，保护单位是佛山市南海区九江华岳心意六合八法拳馆。

麦边舞龙

龙是千年的龙，该有腾飞的绝唱
东海一条，南海一条
都是遗落人间，久远的神话

在佛山。有人从《水经注》
请出南海龙
让虚晃一枪的节日，高高翘起
舞出蝴蝶形，开放 8 字花

令观众，叹为观止

在大沥。我看见一条龙
从排练队伍
潜入茶水里，上下翻滚
一会儿站着，一会儿跳舞

这些细节，我无法更改
只能面对历史，一饮而尽

岁月的节奏，高低起伏
浩浩荡荡

麦边的手掌和脚印，撑上天空
翻飞满世间的风雨

彩虹升起，布局一场盛大的秘密

注：佛山地区舞龙历史可追溯至晋代，明清时期秋色活动繁荣，舞火龙成为必不可少的项目之一。大沥镇的传统舞龙历代相传，长盛不衰，2006年大沥镇被授予“中国龙狮运动名镇”称号。麦边村一直致力于舞龙的发展和传承。被誉为“南海第一龙”的麦边村舞龙队由多次获得国际狮艺大赛奖项的麦边村桥头狮队骨干组成，对岭南舞龙艺术的传承和创新做出了重大贡献。现为市级非遗保护项目，保护单位是佛山市南海区大沥镇平地社区居民委员会。

缫丝引

桑基鱼塘，默念一下台词
长成西樵山眺望的网

被风吹痛的桑树，移植到
南海丝厂，给蚕茧索理绪

一筐被陈启沅煮过的
历史，像冬天缫出来的暖……

烟囱，站成非遗项目的高度
蚕宝宝咬着细碎，祖传的口技

被牙嚼烂的《蚕桑谱》
正在穿越云雾茶的障眼法

女工的手伸进官山的怀中
抽出一条，古老的丝绸之路

注：自汉唐始，顺德南海全境大多为桑基鱼塘，是蚕鱼之乡。民族资本家陈启沅1873年在家乡南海西樵简村堡开办“继昌隆缫丝厂”，标志着中国近代机器工业的开端。南海丝厂按照缫丝生产传统工序，将混茧、剥茧、选茧、煮茧、索理绪、抽丝、真空浸丝、复摇、整理、包装等工序向游客展示，使传统缫丝技艺得以传承。现为市级非遗保护项目，保护单位是佛山市南海丝厂有限公司。

大头佛

戴和尚面具的人
身穿长衫
手执葵扇
在节日里
逗狮子
也逗动你的欢乐

佛山，在历史的册页
敲锣打鼓
一个大头佛
在敲打
诙谐的动作
引你走入
一项非物质文化遗产

嗯，笑声散场了
舞台孤寂
你千万不要
惹出
一身大头佛

注：“大头佛”集武术与龙狮表演于一身，配慢三七星传统大头佛鼓音进行表演，曾是佛山秋色中颇受欢迎的节目，至今有百年历史。大头佛相传最早产生在广东佛山，创始人是广东狮王冯更长。南海九江镇目前留传的“大头佛”，是单独表演的项目，每个动作都有固定的项目，无须配合狮子，自成一家。“大头佛”有四个套路，配合独有的佛鼓，表演时融合了南派功夫。现为市级非遗保护项目，保护单位是佛山市南海区九江振兴武术馆。

第三辑 · 顺德辞

在民信老铺，每一勺乡愁
尽是水牛挤出的云朵

陈村花会

鲜花和绿叶生长出一个盛会
川流不息的买卖
在葱郁的枝叶间穿行
延绵 10 公里
万花争艳
美成一首佛山长诗

花花绿绿的人群
从花墟的这头挤向那头
每个花档，都是春天气息

水仙花、桃花、黄金果、佛手
四季橘、朱砂橘、金橘
蝴蝶兰、百合、玫瑰、郁金香
……
到处都是花团锦簇
和美的祝福

这一幅幅斑斓画卷
充溢着陈村人
浓浓的幸福元素

背景画上
国家农产品的地理标志
散发着千年的橘子味
馥郁的香气
从花农的一个肩膀飘向
另一个肩膀

人们风里雨里。汗水
与花朵交换出喜悦的笑容
一簇一簇鲜花
书写
岭南花乡的奋斗史

辛勤的陈村人
在春天的故事里耕耘

我守在春天的十字路口
看见春潮淘洗
蓬松又谨慎的花期
像慈悲从未停止轻抚的手

注：陈村花会是陈村镇的大型迎春花会，在春节前十天举行，规模大，整个花会绵延 10 多公里，入场人数约有 30 万人次，春节氛围浓郁，是在珠三角、港澳以及海外有着重要影响力的迎春花会。清末民初，花贩成群结队，用船将花卉运到广州及其他周边市镇出售。这种花卉商品化的传统，与“逛花街，迎春节”的习俗结合起来，形成了声名远播的陈村花会。现为省级非遗保护项目，保护单位是顺德区陈村镇文化站。

香云纱

在佛山。顺德人
将六百年的光阴浸软
和着薯莨汁、河泥以及手工的暖

谁将三蒸九煮的沧桑
染出一袭轻柔
晾晒成非物质文化遗产

一匹暗哑的纱布
像河道上的一垄诗行

顺德人用经线和纬线
种月耕云
每双手滑过的纱线
都是对未来的向往

一匹匹莨纱绸
从过乌的泥土探出头
一针一线
缝制成大地的艺术节

目光检索处

裹着泥土的黑色外套
一幅幅完美画卷
卷轴上印满了
漂洋过海的赞誉

云纱流光
披上顺德风情的韵脚
国际 T 台上，牵出了一匹
世界软黄金
奇特的密码

喂养一块曾经失血的冲积土

纷涌而来的往事前尘
合上时代的节拍
袅袅娜娜出珍贵的地理标志
传承，辽阔的风情

注：香云纱是一种桑蚕丝织物，是使用提花手拉机将丝织成纱罗织物，经复杂的晒莨工艺制作而成。云纱因拿在耳边轻弹，或穿起来走路，可听到“沙沙”的响声，因而得名“响云纱”，后人美其名曰“香云纱”。香云纱是纯天然绿色环保面料，以薯莨汁液和河泥染成，整个过程不含任何化学助染剂。由于目前现代科技还不能做出香云纱的手感和各异的花纹，所有工序还必须由手工完成。现为国家级非遗保护项目，保护单位是顺德区伦教成艺晒莨厂。

广绣

镬耳高墙的佛山。窗外
光线，像一根根针线
绣出远山和近水含烟的美景

那一幅幅花鸟虫鱼
小桥流水人家，是心灵手巧的
技艺，在一块长布上
引线穿针，打开一幅风景

曾氏姐妹，纤纤十指间
藏着一股绿水微澜的灵动
荡漾碧波的诗情画意

针线穿过广府语言
收藏
康熙年间飞针走线的传说

多变的针法，出神入化
在一幅幅绣品里，镌刻广绣
两个历久弥新的词

这时候，春色正好

阳光照在一匹布上，曾氏姐妹
为大地的山河刺绣
用一段春光，唤出古与今
用一行袅袅的炊烟
写出史诗，绣出辉煌中国

注：广绣与潮绣合称粤绣，是我国四大名绣之一。而顺德广绣是广绣工艺水平的重要代表。清康熙年间顺德龙山的左氏，刺绣精妙，其作品望之如绘画，大量出口。顺德广绣的工艺水平较高，制作的双面实用绣品，正反面图案纹理均工整利落、难分轩轾。绣品手感柔软，金银垫绣立体感强。色调上，以饱满的色彩为主，颜色层次多而瑰丽，明暗过渡效果明显，具有工笔绘画的韵味。现为省级非遗保护项目，保护单位是顺德区富德工艺品有限公司。

龙舟说唱

石板巷陌仓促的省略号
传来高低起伏的说唱声
颂词穿街走巷
到达一条路的转角处

唱腔，数门口的那些事
那些过往
在一锣一鼓中低吟浅唱

七字的平仄韵律
和着顺德方言，腔调
在龙潭河面
划出龙舟公辛勤谋生的曲线

抵达骨缝里的纹路
在岸边发酵成美好的朗诵

打开历史的衣角
龙舟杖的年轮与故事
再次拉长……

音符，像是岭南穿旧的衣衫

曾经唤醒同胞，不屈的灵魂
唱词里的雷霆闪电
扛起抗战宣传的旗帜

说唱的滴滴汗水
将烽火岁月跪着的日子
慢慢扶起……

翻看杏坛人体内的底色
拔节的声音
把秘密掩藏在龙潭河底

阳光透过河流饱满的血管
翻译龙舟说唱的余音

欢快的唇语，翻滚浪花
深情地唱出
老曲艺复活的步伐

注：龙舟说唱是粤语说唱曲艺的一种民间表现形式。是以顺德、南海、番禺为中心，包括粤、港、澳等粤语方言区域，流传最广、影响最大的民间说唱艺术，民间称为唱龙舟或龙舟歌。龙舟说唱相传出现于乾隆年间，龙舟歌有两种演唱方式。一种是沿门卖唱。逢年过节，挨家串户演唱吉利词，博取打赏，有人称之为“乞儿歌”。另一种演唱形式是说唱故事，这是它的主要功能。所唱故事内容丰富，来源广泛。现为国家级非遗保护项目，保护单位是顺德区杏坛镇文化站。

人龙舞

阳刚之气叠起，踩着节拍
舞出道光年间的精气神
那年状元荣归，像一场舞会

十个段落，揉成
舞蹈与南派武术的魂
左盘右旋
在力与美的人体构图里
演出阳光，雄浑的乐章

武术，刚柔相济
随锣鼓起舞
举起一串水乡的信仰
如圣龙归海
复古的情节上，奔涌

远处，龙图腾
在药王菩萨的梵音里
起承转合
慈悲加持过的舞曲
长出福慧和圆满

注：人龙舞是极具地方民间特色的传统广场舞蹈艺术。相传清代中叶，顺德杏坛光华村就已兴起人龙舞。每年春节、元宵、五月初八天后诞以及其他大小喜庆节日，人龙舞都是必不可少的节目，习俗世代流传。人龙舞是体现人体“力与美”的独特传统舞蹈，强调吸纳龙的精神，融入人的灵气，舞出了龙气吞山河的气概。现为国家级非遗保护项目，保护单位为顺德区杏坛镇文化站。

八音锣鼓艺术

古老的锣鼓柜
从和乐琼楼推出
咿咿呀呀
一出卡戏沉浸在宽阔的母语

清脆的唢呐声
欢快的锣鼓
将百年沧桑敲打成一段段
苦涩，和甘甜

熟稔的八音鼓声
融合方言和粤剧腔调
唱出凤城的动人旋律

长长尾音，滑进水乡的梦
絮絮叨叨诉说
八音锣鼓柜的前世今生

隐没箫音，扎实的脚步
两个世纪悲喜交集
从八风之音，脱口而出

优美曲调，穿过荷香

填补两岸的脚掌
将水乡敲击成一阙阙清词

微风吹过，婀娜的段子
高高低低
治愈了杏坛人的起伏跌宕

一群人，蹚过莲池
像一面鼓
发出大地济世的预言

注：八音锣鼓，包括吹打乐、唱八音、锣鼓柜三种表演形式，是广东传统民间音乐，属于喜庆乐和礼仪乐。佛山镇传统上叫唱大班，高明叫开口八音，顺德叫唱西秦。锣鼓柜是广东音乐的前身，唱八音是粤曲的鼻祖。新中国成立前，八音锣鼓活动遍布佛山全市。八音锣鼓对粤剧的发展有重要的贡献，现为国家级非遗保护项目，保护单位为顺德区杏坛镇文化站。

大良鱼灯

我看见鱼游进大良河的火焰
另一条，从水里上岸
像顺峰山遗落人间的韵脚

虚心的竹子，编织成鱼骨
有人，把夜色这匹布
铺在河流上，铺成鱼的皮肤

星星是闪光的鱼鳞
云朵是鱼尾
那么月亮是鱼的眼睛吗

一群鱼，游走于青云湖畔
多像大地慢慢剥开的橘子

光，一直在我心里闪烁
而黑夜会变得轻盈明亮

注：大良鱼灯制作技艺是清代、民国盛行于顺德大良的传统鱼形花灯制作工艺，制作追求像真度，务求鱼灯的大小适合、颜色逼真，达到“双双鳞影误真鱼”的效果，极具工艺价值。现为市级非遗保护项目，保护单位是佛山市顺德区大良街道文化中心。

龙眼点睛习俗

龙眼，这个清亮的词
深深埋伏在勒流镇
就像沉睡的龙舟
盼着朱砂笔轻轻叫醒

端午节，珠三角的龙舟
纷纷赶来龙渚朝圣
在龙船澳等待打开天眼

舟至太尉庙
船手便卸下龙头、龙尾、龙牌
由一位德高望重的长者
用毛笔蘸饱朱砂
在龙颈、龙牌、龙尾上细心涂点
画龙点睛
点成民间的习俗

此刻，河道旌旗翻转，桨齐舟疾
点睛的龙船，精神抖擞……
那是团结奋进的精神底蕴

年迈的老龙

正热血沸腾，说着
黑白分明和碧波万顷

注："龙眼点睛"习俗又称"龙头祭"，历史上每年农历五月初三，顺德、南海、中山等地的龙舟，汇聚在勒流龙眼村进行点睛。龙眼村古称"龙渚"，又称为"龙船澳"。随着"龙眼点睛"习俗的发展，"龙渚"一名，在明代被"龙眼"替代。该习俗包括祭拜、迎龙、抚龙、接龙、参拜、点睛、赠物、回龙、龙宴、游龙、庆龙等仪式。点睛后的龙舟具有灵性，不再是盲龙。现为省级非遗保护项目，保护单位是佛山市顺德区勒流街道龙眼村委会。

黄连仓沮信俗

勒流的水说了很多励志语
众多仰起的水
养出一粒唐朝的黄连
被一千里的北江泡软，发芽

一只光绪元年的鸟，衔来
字祖庙的种子
让万物重新生长

水绘的笔画
在开笔礼上延伸记忆
开笔、正衣、拜师……
修缮成
传统文化的符号

那年，仓颉与沮诵
落座圣庙，享受人间烟火
造出的象形结构
从繁体，演变成简体字
走到宣纸上，和电脑版
的史书

相传，农历三月廿八的风
会给仓颉祝寿
给仓沮圣庙，添香油
黄连人忙着
烧香、行拜祭礼、祈福
还愿……

此时，河水潦草
写出的酒字
在一副对联的留白处等我

庙诞的酒，已过三巡
点过朱砂的笔
醉卧在黄连的古墙壁上

水中摇晃的字，讲着酒语
墨迹被我捞起
扶着
走入北江手书的大写意之中

注：黄连仓沮信俗是流传于广东省佛山市顺德区勒流街道黄连村的一项传统民间信俗活动。该信俗主要由日常拜祭、庙诞、开笔礼和奖善四部分组成，始于清代或更早并延续至今。其主要奉祀对象为仓颉、沮诵二人；重要传承载体为建于黄连村内的“仓沮圣庙”。仓颉更是被尊奉为“字祖仓颉”。现为市级非遗保护项目，保护单位是佛山市顺德区勒流街道黄连社区居民委员会。

真步堂天文历算

在龙江。蔡氏算计的东西
伏在隐秘的缝隙
像一群被时间孤立过的孩子

将西方的天文学，数学计算法
融入东方的古典术数
研究出真步堂的天文历法推算

他们坐在千年时光深处
悄悄就把季节细细拆分

那些岁时节令，生命交替
经他们掐指论算
似是上天，赐予人间的礼物

受太阳和月亮的周期性影响
人与事物，生息变化。陌生指向
以及宇宙法则……
万物都暗藏玄机，悄悄运算

民俗学里的信息，周而复始
解读着民间信仰

指导百姓农事，参谋世态炎凉

此刻，我用心灵感受日月星辰
事物的关联信息，已悄然隐去

人生就是接纳一部分的同时
又要排除一部分
得失之间，尽在天意的手臂

先将一切给予，然后又轻轻抹去

注：真步堂天文历算是指顺德龙江蔡氏家族四代人创立、传承的一种天文历法演算方式和通书编撰法则。创始人蔡绶彩在光绪十七年（1891）于广州市高第街创立真步堂，成为广东省择日名家。其后第二代传人廉仿，率领劝昂、劝昭继承祖业。1944年，第三代传人蔡佰励掌舵，迁至香港继续营业，每年编撰《七正经纬历书》（通胜），在海内外华人圈有广泛影响。

观音信俗

在顺德。莲花池的眼睛
泛着古老的涟漪
祀奉观音的道场，能包容人间万象

观音堂，紫云阁
长年接纳缭绕的香火
良善的信众
在期盼正月廿六的显灵

这一天，祈福的人潮
从四面八方赶来
提着生菜、红包、纸锭……
像满堂金玉挂在菩提树丫

人头攒动，借库者
沿着香火脉络，拾级而上
虔诚地等待一丝想象
或者喜悦，大开金库

那些黄灿灿的念想
被阳光温暖，发酵出
一行行迷人的数字

有人，匍匐祈求菩萨乘愿
用浓重的方言
派发他们一年滚滚的好运

在香火弥漫的钟声里
我看见风顽童般吹来，掀起
春天袅袅升起的美好

礼拜观音，心诚则灵……

注：观音是顺德人广泛信仰的神灵，传说正月廿六日是观音一年一次查点钱库的日子，子时会大开金库贷款助民，信众“借库”“还库”，可求财运畅通。当日信众到观音庙虔诚祈祷，并举办生菜会、烧大炮等一系列民俗活动。这一信俗主要流行于顺德的容桂、勒流、龙江一带。现为省级非遗保护项目，保护单位是顺德区博物馆。

关帝侯王出游

在均安镇。这古老的俗语
从九月初四，蜂拥而出
簇拥关帝、侯王銮舆
威风凛凛，巡游村道上

锣鼓柜咿咿呀呀。乡间
到处是云的祈祷，鼓的热烈
民众欢呼雀跃
像一幅古画徐徐展开

关帝古庙，一遍遍紧攥热情
庇佑着这片温暖土地
将频繁造访的水汛，踢得远远
万物秋收，激情
掩埋了千家万户对潮水的惶恐

这一枚被洪水折弯的逗号
乘着秋意袅袅的烟火
总能勾起信众对水神的
感激，丰沛的信仰

此刻，翻阅九月的传说

顺德乡亲
将感恩写在河流的浅水处
秋高气爽的天空
有最闪亮的日月星辰

窗外是时间的河流
巡游的队伍
始终在我的心底奔腾不息

注：关帝侯王出游是指农历九月初四至十九日，顺德均安镇境内原江尾洲村坊和新华、天连村共十多个村，各以八音锣鼓柜为单位，簇拥关帝、侯王銮舆巡游的大型民俗活动。村民相传关帝信仰起于宋代。清末祭祀圈扩展至新华、天连两村。巡游保存完整起宫、巡游、座宫、回宫仪式，严格执行固有巡游路线，自三华帝王古庙出发，游遍各乡而后回銮古庙。现为省级非遗保护项目，保护单位是顺德区均安镇文化站。

龙潭龙母诞

五月初八，龙潭的那个早晨
我从水路找到了繁忙的祝福

风抵达一朵浪花的时间
河水正把供品从大地上请出

龙船太拥挤，堵住了河流
善信们忙着
将龙头龙尾卸下，抬到
龙母像前参拜，祈祷顺水顺风

午时过后。水道上的彩龙
竞渡或嬉戏
互相浇水，把龙母诞
逗成了佛山的泼水节

落日。被龙潭的河水浇湿
醉卧于龙船饭上
有关西江与母爱的故事
觥筹交错，兑现成一席欢乐

这时候，夜空从昏暗

捧出半块月亮
多像龙母慈祥的脸……

注：龙潭龙母诞是农历五月初一至初九日，以佛山顺德区杏坛龙潭龙母庙为核心的龙母信仰活动，肇始于南宋咸淳元年（1265），兴盛于明、清，是西江悦城龙母祭祀圈向下游扩展的结果。龙潭村地处西江顺德支流西岸，因民间流传“龙化于此”，故取村名为“龙潭”。龙潭龙母信仰成为西江龙母祭祀圈中极为重要的组成部分。龙潭龙母庙已是珠三角的著名庙宇，香火鼎盛，龙母诞有广泛的跨区域影响力。现为市级非遗保护项目，保护单位是佛山市顺德区杏坛镇龙潭村民委员会。

礼饼制作技艺

由公仔饼转世成一个地名，羊额
越来越香了
散发出百年制饼技艺的传统风味

何雪芬收藏的《制饼秘方》
有些古旧
万物却为之谛听，毛笔字
适宜预言面粉、花生、猪油……
烘焙的念头

栖居于木头的吉祥寓意
隐藏着嫁女的影子
暗示纳征之礼数。经开皮
包馅，孵化出
嫁娶双方的体面和气派

在顺德。龙凤饼、蛋黄酥……
躺在好日子里春眠
等待茶水，在礼字中生津

喜万年老字号，从饼模
敲出甜蜜和爱情，人们成群结队

行走在派送喜讯的路上

走成 CCTV，茂盛的祝福

注：礼饼制作技艺（顺德伦教），是伦教何氏家族从清末民国至今历经五代传承的传统礼饼制作技艺。礼饼制作主要包括选料、开皮、开酥、包馅、烘焙等工序。礼饼制作技艺除了富含世代传承的文化韵味，还是婚嫁习俗的必需品，具有民俗意义。现为市级非遗保护项目，保护单位是佛山市顺德区喜万年食品有限公司。

陈村粉

民国时期，埋伏的手艺
越来越熟了
黄但记的蒸汽，从西樵山
迁回陈村的粥粉铺传承

一粒珍桂米的宿命
历经选米
洗米、刷米、浸米、磨米
到调浆
像寒来暑往，人的一生

石头，慢慢磨出米浆
是一间铺头的家常
是陈村人围绕的柴米油盐

米香在顺德美食谱上
来回兜圈子
直至，磨出时间的鱼肚白

天色的稀稠度
和米浆的白
往往需要师傅来把脉

日子，在花乡的台面熊熊燃烧
而技艺的沸点就在一口蒸笼里
一推一拉
刮出竹枝词的烟雾缭绕

巷陌里。一个挑担早点的背影
在吆喝，叫卖声声，柔软又暖和
仿佛一张薄如蝉翼的陈村粉

注：顺德陈村自西汉时期就已开始水稻种植，至清代，更与广、佛、龙并称“广东四大名镇”，诞生了珠三角地区大米集散交易基地——米墟。陈村人黄但在1927年创办了黄但记，创制出无添加的米粉。这种新式米粉被当地人称为黄但粉，因其产自陈村，也叫作陈村粉，一直传承到现在。陈村粉米香浓郁、薄如蝉翼、柔韧爽口，具有香、薄、韧三大特点。现为市级非遗保护项目，保护单位是佛山市顺德区陈村镇文化体育联合会。

顺德牛乳

明万历十三年的《顺德县志》
记载着薄如蝉翼的牛乳
像一片片香喷喷的美食指南

清代，大良的巷陌越老
金榜牛乳就越显年轻
风也闲不住
四处串门儿，推销声名

穿着制作技艺外衣的女人
从龙江的白醋
捞起凝结成团的食物
泡在盐水里，解浓浓乡愁

在周大娘牛乳店
我看见最懂“东方芝士”的人
她们将牛奶、粗盐和白醋
巧妙结合，利用蛋白质
遇酸凝固，遇盐脱水的原理
制作成民众智慧的结晶
一张顺德小吃名片

在佛山。口啖金榜牛乳
我把小时候记忆中失散的部分
一口一口吃回来

此刻，我想起牛白花花的一生
多像一些人短暂的甘香和沉默

注：金榜牛乳制作技艺是流传于广东省佛山市顺德区大良街道金榜社区，制作牛乳的传统手工制作技艺，始于明清时期。金榜牛乳制作技艺始终坚持优质奶源，加上手艺娴熟，深受消费者青睐。该技艺很好地利用了蛋白质遇酸凝固，遇盐脱水的原理，是我国古人智慧的结晶。至今该技艺仍延续手工制作模式，无法用机械代替。现为市级非遗保护项目，保护单位是佛山市顺德区大良街道金榜社区居民委员会。

顺德双皮奶

一碗老味道
保鲜一百年
1925 年的姜汁，越来越辣
而双皮奶
还在简介上丝滑

传说中的牛仔华
用两个小时，四道工序
蒸煮双皮奶

上层奶皮醇香浓郁
下层奶皮口感绵密
每尝一口，满是幸福味道

打马经过民信老铺
满屋都是甜蜜的陈设
炉火升华的奶香
在董氏经年的梦中畅游

放在心弦上的一把红豆
是半生的思念
甜的生活，是舌尖的指引吗

董氏，梦里亮起的白
细腻润滑
是食客不离不弃的目光

在民信老铺，每一勺乡愁
尽是水牛挤出的云朵
多像故乡白茫茫的炊烟

注：双皮奶制作是顺德烹调技艺三大系列之一。双皮奶制作技艺开创于清末民国年间，由清代大良迎恩市“其记”奶品店的董孝华创制，并在家族内世代传承。双皮奶由优质的水牛奶、鸡蛋、白糖蒸煮而成，包括：煮沸、摊皮、戳皮、调奶、下锅、炖奶。传统制作工艺至今仍需要手工操作，两层奶皮披于碗口，薄如轻纱。上层奶皮甘香浓郁，下层奶皮滋润可口。现为省级非遗保护项目，保护单位是顺德区大良街道文化中心。

均安蒸猪制作技艺

拖着短刀的人，躲在屠房的流水线
走走停停。我在均安
蒸字搭成的伙房里，用盐糖
五香粉沙姜粉罗汉果，腌制一头猪

男人和女人坐在板凳上，配制
日子的味，一边念叨油水
一边卖弄均安镇肥厚的经验

有人用顺邑的曲酒，掩饰
肉质的臊味和背景的嘈杂

在大厨献过的秘方上，蒸汽
再一次点火煽风，埋锅
给美食节看好戏，蒸桑拿

《顺德均安志》上散步的游客
被针扎的细节，惊奇
脸便红一分。需用冰水压惊，才解馋

我看见，二师兄被摆卖的人，揭开
撒上白芝麻，为一枚赤身的词
假装写诗，读祭文，然后身首异处

注：顺德区均安镇有分派蒸猪肉的习俗。每逢重大节日，特别是清明祭祖期间，有太公分猪肉的习俗，村上的每位男丁都可到祠堂领一份胙肉。因此，“均安蒸猪”作为一道传统美食流传至今。均安大板桥农庄食店总监李耀苏传承的蒸猪技法源自清同治年间，已历四代。经过百年薪火传承，均安蒸猪在用具和制法上不断改良和优化，已经成为颇具特色的地方美食。现为市级非遗保护项目，保护单位是佛山市顺德区均安镇文化站。

伦教糕

咸丰版《顺德县志》载着
伦教的蒸糕驰名远近
前明士夫每不远百里，泊舟就之

一粒被磨损的米回到本来的
意义。米浆，洁白幼滑
当年沁泉的店铺，已被时间澄清

从此，白糖糕被冠上地名
一个镇，被蒸出白花花的名声

糕制作工序，繁杂费时
只能用糕种，发酵
逐层，蒸成水乡的爽口清甜

在伦教。我遇见冷却的糕点
它折而不断
相似于一些人辗转半生的命运

注：伦教糕的制作技艺创始于清咸丰年间，历经梁氏五代传承至今。制作技艺由选料、洗米、泡米、磨米浆、调味、过滤、发酵、蒸糕、出笼冷却、切片、包装等工序组成。伦教糕爽软润滑、口感清甜，齿颊留香。现为市级非遗保护项目，保护单位是广东顺德梁桂欢伦教糕食品有限公司。

顺德红米酒酿造技艺

苏东坡，啖出来的岭南
泡在一坛酒里，散发岁月的芬芳

从诗句，采摘下来的
注册商标
越来越红了
直到，焖熟
一镬香喷喷的火焰鹅

明末清初的山水
沿江流下来
喂养出青云湖。白米和红米
一些醉人的事物

顺德酒厂
像一首水和米唱出的抒情歌谣

一瓶酒，从一颗米，历经蒸煮
天然菌种培育酒曲
两级发酵，连续渗漉……
历经三百道工序
犹如时间沉淀而成的艺术品

一千多个日夜，陶缸陈藏
每一瓶红米酒
不只是水米交融的精心酿造
更是极致匠心的百年传承

此刻，我从一杯绝句中走出来
两级发酵的汉语
正在酿造顺德风味的行酒令

顺峰山的谦卑，稻谷的谦卑
它们弯腰的姿势
让我理解了父亲端起酒杯
敬日月，敬天地的样子

一杯低度的乡愁
泡在我频繁举起的酒杯中

注：顺德红米酒，是流行于广东顺德地区，以赤米、大米等为原料，经蒸煮、摊晾、配曲、发酵、蒸馏、浸肉、调酒等工序，酿制而成的豉香型白酒。该米酒酿造技艺根植于广东顺德，起源于清代，或更早，是岭南地区豉香型白酒传统酿造技艺的典范。该酒在酒曲上使用广东珠三角特有的酒曲——大酒饼，在工艺上采用边糖化边发酵和沉肉酝浸的生产工艺，因此酒体清纯、淡雅，风味豉香淡雅、肉香淡雅、米香突出。现为市级非遗保护项目，保护单位是广东顺德酒厂有限公司。

黄连龙虱游艺

黄连泡在水乡里
好多年了
一些母语，常常翻古典
游弋于公园
庙宇，繁忙的水埠头

河涌像一匹香云纱
闲置下来的
薯莨桶
变身，改良成龙虱习俗

何东成老木匠
从熟悉水性的端午节
打捞出
镇志，深深浅浅的皱纹

那年，从废旧土墙
剥下命运的图纸
刨制成
一艘迷你版的龙舟
佛山市级非物质文化遗产

竞逐过后。龙虱停靠在岸边
喘息，有人轻轻擦拭
收拾欢声笑语或时间的锈迹

我弯腰，取出淡水喂养的乡愁
大地扒起来的回音……

注：黄连龙虱游艺是流传于顺德区勒流街道黄连村的一项传统体育运动。该运动巧妙地利用了“香云纱染整技艺”原料薯莨的盛装器——薯莨桶，闲时用于自娱自乐，节诞之日用于助兴，也是香云纱文化、洪拳文化、龙舟文化的汇聚。黄连龙虱游艺起源于清末民国年间勒流黄连的香云纱晒莨场，以薯莨桶为运动道具，以洪拳运动为根基，以龙舟竞渡为游戏规则。现为市级非遗保护项目，保护单位是佛山市顺德区勒流街道黄连社区居民委员会。

顺德洪拳

南派洪拳掀起大良河的浪花
黄飞鸿的无影脚起伏
工字伏虎、虎鹤双形，铁线拳
像会功夫的波涛跃过青云湖

一浪接一浪，壮志豪情
的空隙处
有武师想象洪字的源头
和那页散落顺峰山的拳谱

那些年，蔡景盛
接过宗师的虎鹤诸势，出神入化的
绝技，勤学苦练
在气沉丹田中声威叱咤

拳桥坚似铁，马步稳如山
一阵男儿当自强的拳风
击出万重浪
长出龟苓膏滋养的光芒

洪拳留下来的精粹
有人用豢养的竹子勾勒

写进顺德人的血脉

蔡师傅，接过洪熙官的寸劲
直到把夜空击穿
给炼黑的口诀，强身健体
流出的盐粒
一次次洗白凉亭里猛烈的动词

注：自清末民初始，洪拳流入顺德并广泛传播。顺德民间本有习武风尚及传统。目前在顺德主要流播的洪拳，师承林世荣弟子邓二，最初传播地为勒流黄连的香云纱晒场。洪拳以传承推广龙舟文化、龙狮为主。洪拳传承自黄飞鸿、林世荣一脉，属长短桥相结合的体系，其特点为“洪拳三宝”（工字伏虎拳、虎鹤双形拳、铁线拳）。顺德洪拳传人曾取得第五届世界传统武术锦标赛南拳第一名等多项佳绩。现为省级非遗保护项目，保护单位是佛山市顺德区传统洪拳训练中心。

三字经

陈村用年橘上的三字经
搭建一座广场
天大地大。我从区适子的方言
抽取人之初的童话

陡峭的毛笔字
打翻了黄昏的墨汁
一只鸣蝉
已经学会诵经

用钢笔涂改过的经书
被机器
印刷在汉字注解的影子上
词语的疗效

在图书馆里发酵

注：粤语启蒙书《训蒙三字经》，源于广东省佛山市顺德区陈村镇登洲村，是在岭南粤方言地区广泛流传的民间启蒙书。它以儿童启蒙为目的，为儿童提供基础识字认文渠道，并借助粤语口耳相传的方式，传播伦理道德价值观念，传授自然科学、历史人文

及生活常识，展示中国历史演变脉络。清代李文田以粤音为《训蒙三字经》作注，形成《三字经句释》，继续在岭南乃至更广泛的粤方言地区流传。现为市级非遗保护项目，保护单位是顺德区文化馆。

第四辑·高明记

风吹落日。一条濑粉从西安濑至富湾。我看见一碗汤水里有高明的理解

花鼓调

一曲花鼓 ，回到虚拟的情调
俏皮的新娘
像一只谈吐情话的岗雕雀
从一个枝头跳上另一枝头
兴奋地
啼鸣，新生世界的甜

岗上迎亲队伍，吹吹打打
是不可多得的活化石
一些吉祥词
霎时排成一条红红的长龙

百年的乡音
正密谋一世的幸福
悠扬的旋律
洒下来无数细碎，闪耀的喜悦

老艺人将热爱捧在手里
像捧着新娘一生的诺言

在更合镇，人们用七盘指
为山岗抒情，为命运鼓乐
曲调优美，安抚冗长的烟火岁月

注：《花鼓调》是民间传统迎亲组曲，在高明有一百多年历史，它与当地的迎亲风俗紧密结合，是高明地区特有的传统音乐。高明农村遇有红白二事，盛行演奏喜丧吹打乐，乐队由鼓、钹、锣、铜鼓（翘心锣）和两支唢呐组成，称为“六音”。在更楼泽河一带，迎亲时所奏的喜乐，逐渐形成一种固定的程式，因用鼓来指挥演奏，当地称为《花鼓调》，深受观众欢迎。现为省级非遗保护项目，保护单位是高明区博物馆。

岗雕乐韵

一把声音脱下衣服，在岭上奔跑
像高鹤人甩掉籍贯、姓氏和年龄

一只鸟，被山风惊飞
小小的身影，在更合八音艺人
的乐曲里，站稳脚跟

唢呐、手锣和一面小鼓
已陈设多年，吹打出来的调子
婉转起伏
摇曳过这林木寂寥的午后阳光

这些乐器是用来怀旧的
而岗雕呢？不知名的艺人
和古老的乡音
是否都是尘世间的过客

一种天籁之音活着，又慢慢老去
流淌山间的韵律
被事物隐去，神秘而不可捉摸

这时候，我听着秋日落山的

脚步声。岗雕乐韵
正在阅读一树疲惫的鸟鸣……

注：《岗雕乐》，又名《岗雕上岭》，是高明更合镇八音艺人创作的一首乐曲，新中国成立后被挖掘整理出来，是高明境内优秀的民间传统音乐之一。《岗雕乐》是模仿一种叫“岗雕”的小鸟在平原、林间、山间上飞下翔的各种姿势和各种叫声而创作，以唢呐吹奏为主，配以锣鼓音乐。这首古乐曲以热情、欢快、活泼的旋律，刻画出岗雕的豪迈奔放，深受人们喜爱，每逢佳节或者喜庆事均要演奏。现为市级非遗保护项目，保护单位是高明区博物馆。

花 灯

这些寓意吉祥的故事
用山竹最柔韧的部分，铆着劲儿
编织、扎圈，积攒更多的傲骨

从荷城或更合，能工巧匠的手
裁剪出来的精美图案，贴在火热
的生活上，一个石榴惹人幻想

在范洲村，一些花灯挂在老屋
一些站在社稷坛处
好像在告知乡亲，我家里添丁了

远处，泽河村摆开了筵席
为一盏灯，裹紧了温暖
我忙着翻看灯火里的“八仙贺寿”

而错过了，亲朋好友的
“饮灯酒”

这些花式多样的高明花灯
赋予了村庄最热烈的光
它是我看到的
让人愉悦的事物

注：高明花灯习俗，广泛流传于高明区各镇街，至今已有400多年历史。高明花灯分八角灯、剪花灯、黄龙吐珠灯等，大型的花灯是专门为神诞、庙会扎作的，在高明已经几十年没见过了，但是八角灯、社公灯这些花灯却一直流传着。传统高明人，每当添丁，就会在正月摆灯酒，挂花灯。所以高明的花灯，是一个吉祥的符号。现为市级非遗保护项目，保护单位是高明区博物馆。

扎 狮

大胜利狮行已有一百年了
密密匝匝的山竹
扎根县志的腰间。阳光皮毛
柔软而斑斓，像谭家的狮子

我站在这里，用布满青筋的手
找到明城镇浸了七天七夜的竹篾
那是狮子隐形的骨肉

扎竹架的手指，变细伸长
进入狮子的内部
扎成一个狮头，经历扎狮框
顶嘴竹、定型、扎额、加密竹
扎嘴、扎鼻、扎腮
多像八大工序的秘密哺育

谭志明扎出来的狮子
骨节里有威武
他说：狮吼都经得起考验
哭过，笑过，骂过，跌倒过
历史毫无遮拦，历历在目

那些举手投足都高高在上的人
也许，不佩舞他的狮子
还是敬而远之，相忘于江湖吧

正义的化身，忙着点睛
印记高低浅深，都是硬骨头

注：岭南醒狮的流行带动狮头扎作行业的发展，佛山是狮头扎作的基地，扎作狮头的作坊至今已经为数不多。南狮亦分为佛桩狮和鹤桩狮，分别起源于佛山和鹤山，高明属佛山，自然是以佛桩狮为主，但是又与鹤山相邻，两种狮头扎作工艺在此相汇。高明谭复兴纸扎铺的狮头经久耐用，名闻遐迩。现为市级非遗保护项目。保护单位是高明区博物馆。

濑粉节

长长久久的濑粉习俗
从明代嘉靖年间，荷城道人谭玉爽
的温情故事濑出

至今，约有五百年
一锅 90 度的水
时而滚烫，时而冷却
像稻浪延伸的呼吸

一粒粒晚造米，把汗水
结算成黄金
看一眼就让人心里踏实

从石头研磨出来的节日
有金秋欢乐的尖叫。兑水稀释的
意境，流经针眼
濑出一条光滑柔软的抒情

浇上清汤、葱花、头菜……
和大地的馈赠
高明濑粉节
像一碗摆在田野上的乡愁

注：高明濑粉节习俗，广泛流传于佛山高明地区，是民间送旧迎新习俗的主要内容之一。源于明代嘉靖年间，高明荷城道人谭玉奭为乡民作法做粉度荒年的故事。每年大年三十清早，高明家家户户男女老少一齐动手做濑粉，中午人人同吃濑粉宴。长长的濑粉，寓意长长久久、源源不断。高明百姓除了大年三十必吃濑粉外，长辈寿辰、结婚喜庆也必设濑粉宴，从2007年开始，高明每年都举办“万人濑粉宴”活动。现为市级非遗保护项目，保护单位是高明区博物馆。

扒龙舟

从端午伸出头来的新龙
秘密生长，它获得一条河流
拥有的清醒和空旷
等候有力的手臂，投奔沧江

在高明，龙舟文化博物馆
我找到了起龙舟的引导词
看见一条老龙
从斑斓梦境中抬出来
叙述潮湿的往事

点睛的习俗，还历历在目
于秋风中异常显眼

没有人知道漩涡中的眼神
经历过什么大风大浪
直到亲自到达龙舟的内部
成为它的一部分
才懂得奋勇争先的呐喊
多像一名智者，细说我们的前世

在沧江水上综合运动基地

每天都有崭新的出发与归来
岁月聆听风声和水声
温柔握紧桡的把手，或桨的神经

风吹落日。一条濑粉从西安
濑至富湾。我看见一碗汤水里
有高明的理解，和稻谷的谦卑
更有龙船饭最惦念的祝酒辞

注：每年端午节，佛山高明区东部、东北部水乡的乡村都举行隆重的扒龙舟（又叫“扒龙船”）活动。这种习俗由来已久，扒龙舟活动从五月初一开始，至五月初五结束。五月初一“起船”要举行隆重的拜祭仪式。随后，人们敲锣打鼓、放着鞭炮，齐心合力把龙船抬放到河涌里。龙舟活动结束后，同样要举行隆重的藏船仪式。一般烧香拜祭，放鞭炮，以图大吉大利，年年行好运。现为市级非遗保护项目，保护单位是佛山市高明区博物馆。

第五辑 · 三水引

它折射出的光，以庙宇的形式
端坐淼城，千年祥和的景致里

胥江祖庙庙会

三月三，胥江祖庙的
芦荻和芭草纷纷睁开睡眼
江上浪花整装待发
万物，进入群演的角色
酝酿一个盛大节日

吉时，北帝显灵
龙狮翻腾，鼓声冲破天际
信众，涌向祖庙的殿堂
像潮水打开一册浩瀚经卷

北帝，驾云朵巡游
身后的福泽轻轻洒落
将旭日春光送给众生
每一句都是风调雨顺

芦苞千年文气与荣光
被北帝注入圣水
以土生土长的热情
汲取营养和力量，皈依
灌溉美好的家园

它折射出光，以庙宇的形式
端坐森城，千年祥和的景致里

注：农历三月初三，俗称“北帝诞”。是日，胥江祖庙有举行北帝诞庙会巡游的传统。北帝诞之日，神昼夜游历，巡游的时间达一天一夜。巡游时，有“肃静”“回避”“紫霄宫”“玄天上帝”等醒狮开路，之后是八宝仪仗和兵器仪仗，金童玉女、北帝神像端坐在神舆上，众仙贺诞跟随，经师祈福，在八音锣鼓的吹奏下威风凛凛地在镇内巡游。各街坊摆好宴席，点好香烛恭迎北帝。现为省级非遗保护项目，保护单位是三水区芦苞镇文化站。

粤曲星腔

秋水一池
小星星在婉转低回
缠绵的唱功
开创了独树一帜的平喉流派

海报，披上时间的斗篷
那些芬芳曲调
在古老戏台，荡气回肠

一腔一调，吐字转板
一些音符
潺潺流淌，星腔的余韵

在记忆里，想念邓曼薇
半曲《秋坟》，耗尽她一生的泪

星腔，在粤曲中提气
唱响的春天
在云东海的故事里，抽穗发芽

注：粤曲是广州方言区流行最广的大曲种，“星腔”在粤曲平喉腔中独树一帜，由小明星创立于二十世纪三十年代。粤曲经过唱八音、师娘、歌姬等发展阶段，至女伶而成熟，分平喉、子喉、大喉三种唱法。在女伶阶段，三水人小明星脱颖而出，被誉为“平喉领袖”。她始创的星腔，因根据唱词的结构和意蕴，打破传统程式的束缚，吸收民间说唱艺人的精华，融入外国音乐的音调、节奏而独树一帜，易唱易学，是艺术成就最高、影响最大、流传最广的粤曲唱腔流派。现为省级非遗保护项目，保护单位是三水区文化馆。

龙舟技艺赋

木工场，停驻在这小小的新沙
晾晒工艺，不惹尘埃
不被时光打扰。恬淡而不孤单

木制的龙骨，龙身，走遍远方
龙舟出水，抬头
抢渡壬寅年湿漉漉的端午节

八十多岁的保安师傅
是一首旧体诗
从坤甸木的年轮中走来
将蛟龙对水乡深情的眷恋
抛光，饰雕入龙头龙尾

一条龙舟在眼前站列成行
昆都山还在，西江依旧
当木头醒来
长成岭南的模样
只为遇见锣鼓喧天的时代

注：三水洲边龙舟制作技艺，对每一条龙舟的制作，都有不同的技术要求，特别是船承载重量与船的浮力设计相当重要。三水李保安龙舟厂因船弧度少、承载浮力大、起水快、划桨力轻，其名下制作的龙舟在全国各地不同时期的比赛当中屡屡获得龙舟大赛的大奖，具有相当的区域影响力。现为市级非遗保护项目，保护单位是佛山市三水李保安龙舟厂。

疍家艇

我目睹风拿着一把刀
一把斧头，一把凿子
一把时间的锯齿
将季节雕琢成风雨飘摇的家

华叔，最懂北江和西江
他知道水平线
能缝合天与地
知道水的脾气，木的浮躁

他怀念曾经的烟雨水墨
装进线装的乌篷船
低处与高坎
大塘像铺开湿漉漉的宣纸

流水能唤醒疍家艇
春风或者秋雨
把帆影和渔汛赶至岸边
像刨花开始走样的抒情

他说这些年月
疍家人慢慢走上岸了

他翻修过的浪花，伤口
都比别人的隐蔽

注：疍家艇制作技艺传承人林森华，是以手工制作疍家艇的工匠，从大船做到小船，全部纯手工制作模型船只，一刻一雕，船只的每一个细节都很入微，体现出高度的工匠精神。传承“疍家艇制作技艺”，让越来越多的人可以了解到疍家文化精粹。

三水玉雕

三江汇流的口信，从温润的石头
跃出。五花马的长鬃安睡已久
时间的蹄声哒哒，疾走在驿道上

被钱贵根的精湛手艺唤醒

他悄悄告诉我
从石头请出菩萨，要精雕
细琢，心诚之外
还要去除多余的瑕疵

浮雕的金石良言，往往
会被太阳晒化
连同冬天挂在人的脖子上
传诵另一个世界的古老禅意

生动巧妙的雨
打在钻头和玉的肌肤上了
镂空雕刻的献辞
放牧着砣工生下的十二生肖

这时候，一枚月亮
挂在昆都山顶
像三水献给我们的金镶玉

注：玉石的种类非常多，有白玉、黄玉、碧玉、翡翠及玛瑙、绿松石、芙蓉石等。对玉石的加工艺术叫玉雕。三水钱贵根先生集传统玉雕艺术之大成，有独特的创新与发展，并创立了自己的品牌“碧玉丰珠宝”。他的玉雕作品题材广泛，有吉祥图案、人物、动物等，还有将名贵的黄金、翡翠及红檀木相结合的翡翠黄金工艺画，已获国家专利。现为市级非遗保护项目，保护单位是广东碧玉丰珠宝有限公司。

石湾艺术釉料

—— 三水南山五彩

明清时期装进的一粒陶土
在柴烧技艺与花釉的火热缠绵中
幻化出民国五颜六色的瓷

打开杨英才创作的陶艺村
传承的扉页，晶莹如镜
一种纯粹的美学
留在南山，陶釉通透的世界
时间的光影
折射进钧釉烧制的温润里

创造的物象，有一个
三彩到五彩的温和飞跃
借鉴唐三彩与景泰蓝的手法
雕塑出斑斓的南山物语

色泽凝练的表情
构建无限情趣的精妙绝技
漫天飞舞的瓷话
酝酿着另一个缤纷的到来

漫水河，道不尽陶土的神秘
着一身石湾釉，成就南山彩
陶瓷上发芽的五彩，长成
最春天的一瓣传说

注：石湾陶艺在明清鼎盛时期继承开创的花釉，到清末民国初期发展到顶峰，是陶塑技艺和花釉的完美结合。佛山市三水区哥弟窑陶文化有限公司杨英才，在石湾陶塑的传统技法上，研发出“石湾艺术釉（三水南山五彩）”烧制技艺，实现三彩到五彩中温釉的飞跃，其塑造出的诸如山水、人物、花鸟等作品具有清新自然，色彩温润，相互渗透，浑然天成，极具“风景如画”的南山陶之特色。现为市级非遗保护项目，保护单位是佛山市三水区哥弟窑陶文化有限公司。

侠家拳

放拳如猛虎，出枪似蛟龙
行侠仗义的人
像铁匠不停地锤打邪恶

相传星龙长老，在鼎湖山
庆云寺挂单，把少林拳法
授予“广东十虎”之首王隐林
之后，又以侠之名

传承。那年，著名拳师
邓镇江、邓锦涛
将功夫扎根三江汇流之地
让侠义之心散叶开枝

碾压的功力，刚烈倔强
长桥大马成了练武的佐料
一招一式
注重实战，技巧的风
越来越瘦

邓镇江递给森城人的鳝拳
和散打，像北江上的抛锚

一招小罗汉，一式虎鹤相斗
一套奇门兵器
在武庙的埗头上屈指

在西埗村。练武的人
把一条江
煅打成
河口的侠义心肠……

注：侠家拳流行于广州、南海、顺德、香港、澳门、三水和南洋一带。相传侠家拳是在清朝，由少林和尚传出，临济派和尚星龙长老由四川云游到广东，在肇庆鼎湖山庆云寺挂单，把侠家拳传给广东武林十虎之一——僧人王隐林，其徒孙邓镇江形成广东侠家拳的一个流派，弟子遍布海内外。侠家拳是三水解放初期，民间最盛行的武术拳种。现为市级非遗保护项目，保护单位是佛山市三水区武术龙狮运动协会。

疍家菜制作技艺

一船月光，靠岸
波子角的秋风又陡峭了许多

天气，近来冷暖跌宕
禾秆正好盖珍珠，水鸭当肥美

满目绿豆，由青而绵柔。她们
用稻草把秋天的“边角料”
扎成一块肥而不腻的非物质文化遗产

疍民潮湿的手艺，在岸上
腌制。捆绑成
一扎扎香喷喷的情怀

随后，挂起美食的近义词
晾晒。风干成乡愁

一块腊鸭扎
含在嘴里，醉了三江

注：三水疍家的先民最早可以追溯到商朝，至唐宋以后，便开始分散生活在广东沿海等地的江河之上。疍家人以独特的食材、古老的疍家菜制作技艺制作出的菜肴，是数百年来西江疍家人流传下来的传统美食，其中最具代表的菜式为“疍家腊鸭扎”和“禾秆盖珍珠”。现为市级非遗保护项目，保护单位是佛山市三水区白坭镇文化站。

萨琪玛

粤语的口音，把满族点心
引至三水
改良成，浦二的“马仔”

钱桂生从西酒时光的幕布，偷师
给凌晨两点的早茶取暖
制成三水特色手信，和非遗项目

此时，师傅的手摊开口诀
让面粉在台面上苏醒，打入鸡蛋
揉成月光的面团
发酵出粤式点心的幽香

切薄的时间，酥炸出镬
在麦芽糖的包裹下
慢慢冷却，落到模板的实处
像色泽金黄的怜悯

没有水分的萨琪玛，在手推车上
放生，沿着钟声光滑的时辰
慢慢走入茶碗谋划的构思之中

洒有椰丝的案板上，有人
用手压平点心名
放凉后切成方件，包装成
茶余饭后的笑谈

或者，酥脆之余带着一点黏牙
的词

注：萨琪玛源于清代关外三陵祭祀的祭品，清兵入关后，在当时的北京开始流行。三百多年间，萨琪玛不仅流行于京津地区，而且在粤港地区也广为流传，人们惯称萨琪玛为“马仔”。萨琪玛制作流程从选料到出炉历经12道严格工序，其成品新鲜实在，色泽金黄，酥松绵软。现为市级非遗保护项目，保护单位是佛山市西酒饮食有限公司。西南酒店顾问钱桂生先生是这项传统技艺的第三代传人。

独树岗千叟宴

独树岗的水井，养着
村庄的魂，静静地养着
元朝，长寿的秘诀
一汪白云和一方星辰

一些九曲河的水草
老态龙钟
跟着村前的河水浮沉

那年，冲晦气的龙舟赛
延伸出尊贤敬老宴
九月初九，从黑暗中醒来
洪圣庙
的水波翻卷着远去的钟声

时光带走了容颜
却带不走芦苞的乡音
千叟宴，在浓郁的方言里
咀嚼乡愁，品味仁慈

一些甜酸苦辣
摆成大写的“寿”字

一些孝善烹煮的
慰问声，在宴席上互诉衷肠

这时候，往事的鸟
衔着祝寿词
飞来，飞去
像在窥探历史的天空

注：独树岗村是三水区内最大的一个自然村，敬老爱老之风世代传承，一直延续到现在。自1994年开始，尊贤敬老宴改为九月初九重阳佳节在洪圣庙内举行，并被称为“千叟宴”。体现了独树岗村尊贤重老的优良传统以及孝善精神的，成为了三水长寿之乡的名片。

佛山水乡农谚

水乡口传心授下来的
民间智慧，穿着文化衫
指导农事，预测
天气与佛山的收成……

这时候，天上的鱼鳞斑
晾晒着农谚
仿佛在说：晒谷不用翻

一个老人，在观察河口
等待鱼虾挺身而出
谚语的对岸，云涌横石岭
出入要撑艇……

在水乡的农谚里，汉字
是一队浩荡的蚂蚁
用最押韵的仪式
托举着方言，消失于刹那

三江汇流。喂养湍急的时间
农谚里的风
将对岸的白云，吹成乌云
像雨点们快要相逢的亲人

注：佛山人民在长期的生产中，创造了一套以生态平衡为基础，水稻、蔬菜、蚕桑、渔业互为因果的科学生产方法。在不断总结征服大自然的过程中，他们还创造了丰富的，富于认识、教育和实践作用的民间谚语，其中以农谚最为丰富，最具地方特色。这些农谚包括农事节气、耕作技法、农业管理等，精练准确，朗朗上口。现为市级非遗保护项目，保护单位是佛山市博物馆和三水区文化馆。

后 记

丘英姿

最忆是岭南。我是一位怀旧的人，对旧事物总是充满热爱与感恩，用现在的流行语来说，就是老派人物。

这些年，我一直从事各地历史文化挖掘、保育及非物质文化遗产活化提升工作，用富有地域特色的文化符号打造各类设计项目。佛山作为岭南文化的发源地之一，有着丰富的文化遗存。据我了解，佛山有国家级非遗项目15个、省级项目56个、市级项目131个。这是佛山的根脉，是支撑起佛山这座万亿城市走下去的精神谱系，更是岭南广府文脉的独特DNA。为进一步开发激活非遗的社会价值，感受佛山优秀传统文化魅力，讲好佛山故事，历年来，我带领公司同仁，坚守佛山文化自信，将非遗元素融入佛山城市风貌形象设计，在提升城市识别度上做了不少成功案例。如将剪纸、陶塑、醒狮、彩灯等广泛应用于公园展馆等公共空间的设计。

同时，身为政协委员及作家的我，无限感恩佛山这片热土，感恩这个时代，感恩人民赋予我的光荣使命。我有责任及义务为非遗文化的保护和传承奔走发声，贡献力量。我用诗意的文字为佛山的根脉谱写新篇，宣传佛山的精神内核、城市印记，让世界更好地认识禅城，爱上佛山。这也是我写非遗诗歌集的初衷。

由于个人工作繁忙，写这本诗集时，我都是定好写作目标及进度，因上班时间无法抽空静心创作，我只能将早上瑜伽时间腾出来，诗歌都是每日清晨坐在早餐桌上，用手机备忘录工具创作完成的。这部诗集是个人对佛山非物质文化遗产由衷热爱的汇总，它承载的是乡愁，是浓郁的情结。

在诗歌创作过程，我有过生活的坎坷、心酸和疼痛，在遭遇到突如其来的重创后，我差点放弃了写作。好在有很多诗歌界的方家和师长的不断鞭策、支持和鼓励，才使得我一直咬牙坚持创作，写着写着就如愿完成了这本119首的非遗诗歌集。因才疏学浅，我自感作品还有很多技术上的不足和缺陷，有待于大家批评指正。

希望拙作的面世，能唤醒读者美好心灵回归，能为佛山非遗文化真正“活”起来鼓掌助力，为“古镇最佛山，佛山最岭南”，城市文化形象宣传发挥微薄力量。

2023年2月6日